Sinclair Lewis

Der Mann
der den Präsidenten kannte

Für
L. M. und Agnes Birkhead und Earl und
Eva Blackman, die ebenso wie der Verfasser
die Weltanschauung des Herrn Lowell
Schmaltz und seines Seelsorgers bewundern

Bibliografische Information der Deutschen Nationalbibliothek:
Die Deutsche Nationalbibliothek verzeichnet diese Publikation in der Deutschen Nationalbibliografie; detaillierte bibliografische Daten sind im Internet
über http://dnb.dnb.de abrufbar.

Herstellung und Verlag: BoD – Books on Demand, Norderstedt

ISBN: 978-3-7557-4982-0

Inhaltsverzeichnis

Erster Teil. Der Mann, der Coolidge kannte 9

Zweiter Teil. Die Geschichte von Mack McMack 55

Dritter Teil. Du weißt ja, wie die Frauen sind 93

Vierter Teil. Du weißt ja, wie Verwandte sind 119

Fünfter Teil. Reisen ist so bildend...122

Sechster Teil. Die grundlegenden und fundamentalen Ideale
des christlich-amerikanischen Bürgertums 143

Erster Teil.
Der Mann, der Coolidge kannte

1

– Ja, meine Herren, ganz entschieden is es mir ein Vergnügen, Ihnen zuzuhören und Ihre Ansichten kennenzulernen. Das is nämlich eine von den Annehmlichkeiten, die man in einem Pullmanwagen wie hier hat: man kann sich drauf verlassen, daß man ne ganze Menge richtiger Mannsamerikaner mit gesunden Anschauungen und Ideen trifft.

Und jetzt möchte ich Ihnen sagen, was ich von diesen Dingen halte –

Ich bilde mir ja nicht eine Sekunde lang ein, daß ich mehr Gehirnschmalz habe als der gewöhnliche, normale Durchschnittsbürger, aber ich habe mich sehr viel mit Politik und solchen Sachen beschäftigt und – ja, wissen Sie, meiner Ansicht nach is es die Pflicht aller Bürger mit guter Erziehung, sich um die Staatsangelegenheiten zu kümmern, denn, nicht wahr, was is schließlich, wie erst gestern jemand bei uns im Kiwanis-Club gesagt hat – was is die Regierung anderes als die Vereinigung von uns allen, in der wir zu unserem gegenseitigen Schutz und Vorteil verbunden sind?

Und ich – Sie müssen nämlich wissen, ich lese die politischen Leitartikel im *Advocate* – das is die führende Zeitung in meiner Stadt – Zenith – also die lese ich, wie die meisten Menschen den Sportteil lesen. Und infolgedessen, und außerdem weil ich gewisse persönliche Informationen habe, deren Quellen ich Ihnen nicht verraten darf, bin ich zu der festen Überzeugung gekommen –

Also, das is etwas, woran Sie vielleicht noch nie gedacht haben, meine Herren:

---

[1] Mr. Calvin Coolidge war von 1923 bis 1929 Präsident der Vereinigten Staaten von Nordamerika. Er verwirklichte viele der solidesten amerikanischen Ideale und kann neben dem Ford-Automobil, dem Rev. Dr. William Sunday und der Saturday Evening Post als Symbol seines Zeitalters gelten.

Die Leute können sagen, was sie wollen, daß der Präsident Coolidge – der gute alte schweigsame Cal Coolidge! – vielleicht nicht so viel Eindruck macht wie ein paar andere Staatsmänner. Es is ja möglich, daß er nicht so gern die Klappe weit aufreißt, wie gewisse andere Männer der Öffentlichkeit, deren Namen ich nennen könnte. Vielleicht is er nicht das, was meine Tochter »ei ei« nennen würde –

Und ich muß Ihnen sagen, s geht, weiß Gott, über meinen Horizont, wo die jungen Leute von heute, alle durch die Bank, die ganzen Ausdrücke hernehmen, die sie immer im Mund haben. Also, sehen Sie, erst gestern hat zum Beispiel meine Tochter mit ihrem Bruder geredet, und Robby – so heißt der Junge; fünfzehn Jahre is er erst alt; drei Jahre jünger als seine Schwester, aber ein schlaues Aas. Ja, das is entschieden ein vielversprechendes Kind, wenn ich mich so ausdrücken darf.

Wissen Sie –

Sie dürfen aber nicht meinen, daß ich ihn drauf gebracht hätte. Der Himmel weiß, daß ich mirs leisten kann, ihm das Beste zu geben, was bei uns geboten wird, wenigstens in vernünftigen Grenzen, ich meine, so viel Kompfor und sogar Luxus, als gut für ihn is. Ich hab nie einen Ton gesagt, daß es vielleicht ne gesunde Sache für ihn wäre, wenn er mal n bißchen Geld nebenbei verdienen würde. Aber da kommt er mal am Abend grade vorm Essen rein – vor dem Dinner, den Hut schief auf dem Kopf, und sieht stolz aus wie ich weiß nicht was.

Also ich sage zu ihm: »Na, Robert Livingston –«

Natürlich heißt er mit dem zweiten Namen nicht Livingston, sondern Otto, aber wir nennen ihn oft Robert Livingston, so zum Spaß.

»Na, Robert Livingston«, sag ich zu ihm, »was meinst Du, wer Du bist? Thomas Edison oder Napoleon oder wer – oder vielleicht Red Grange![2] Nehmen Sie Platz, Mr. Grange, und gestatten Sie, daß ich Ihren Hut aufhänge.«

So zum Spaß, wissen Sie.

Also, er sieht mich bloß an –

---

[2] Ein um 1926 berühmter professioneller Sportsmann.

Wenn ich die Wahrheit gestehen sollte, müßte ich ja wohl sagen, daß der Junge ziemlich gottsverdammt frech is, aber er is dabei so aasig pfiffig, daß man mit ihm nicht böse werden kann, mit dem verflixten kleinen Luder – genau so vielversprechend, wie ich in seinem Alter war. Er steht bloß da und guckt mich an und steckt die Hände in die Hosentaschen, und dann –

Ja, und was meinen Sie, was hat er dann gemacht? Er legt ne Platte auf das Ultraphon.

Sie wissen ja – das neue Grammophon, das jeden Ton der menschlichen Stimme und der Musik wiedergibt. Das is so ne neue wissenschaftliche Erfindung, auf die die Wissenschaftler lange nicht kommen konnten. Aber jetzt haben sies raus, daß nicht ein einziger von den Untertönen – oder Obertönen, oder was es sonst is – verlorengeht, die bei den früheren Reproduktionsmethoden immer verlorengegangen sind. Son Ding kostet natürlich viel mehr als n altmodisches Grammophon, aber ich bin immer der Ansicht, auf die Dauer is das Beste das Billigste.

Also, Robby, der kleine Gauner, geht ran und legt ne Platte auf, so ne Sache: »Im Expeditionskorps bin ich vielleicht Gemeiner gewesen, aber bei den Damen bin ich n General, das können Sie mir glauben.« Dann sagt er: »Vati«, sagt er, »weißt Du, wen Du vor Dir hast? Ich –«

Wohl verstanden, wie ich schon gesagt habe, ich hab ihm nicht ein einziges Mal, auch nicht mit einer Silbe, gesagt, daß er sich ne Stellung für seine schulfreie Zeit suchen und n bißchen Geld verdienen soll. Ich bin ganz entschieden der Ansicht, daß es ne ausgezeichnete Sache für nen Jungen is, n bißchen zu arbeiten, und wenns seinen Leuten noch so gut geht, damit er nämlich den Wert des Geldes kennenlernt; damit er lernt, wie hundemäßig schwer es is, sich an den ollen Mr. Dollar ranzuschleichen und ihn ordentlich beim Genick zu kriegen.

Tatsache, ne ganze Menge junge Leute scheinen heute zu meinen, daß der alte Herr ganz einfach aus Geld gemacht ist und nicht für jeden Cent, den er verdient, blutig schwitzen muß. Aber trotzdem, ich hatte gedacht, es war noch nicht die richtige Zeit, Robby das zu erklären, obwohl ich mich da vielleicht geirrt habe, und wenn ich mich geirrt habe, bin ich der

Erste, der das eingesteht – Bekennen tut der Seele wohl, wie man sagt.

Ja, vielleicht hätt ich ihm das schon längst einbläuen sollen. Ich weiß aus allerbester Quelle – also Tatsache, einer meiner besten Freunde kennt jemand, der mit den Rockefellers[3] sehr gut bekannt ist – und der sagt mir, daß die Rockefellers, Leute mit dem Geld, daß die ihre Familien, was Geld angeht, genau so vorsichtig erziehen wie jeder von uns: *die* lassen ihre Kinder nicht rumlaufen und denken, daß es gar keine Mühe macht, die Dingerchen zusammenzukratzen.

Ja also, dieser Herr hat mir eine aufschlußreiche kleine Sache über die Rockefellers erzählt, die er in eigener Person und mit seinen eigenen Ohren gehört hat. Er muß grade damals dort gewesen sein. Also, der alte John D. is dagesessen, und wahrscheinlich haben die halben Geldkönige von der ganzen Welt drauf gewartet, mit ihm sprechen zu können, und er hat mit dem jungen John D. geredet, genau so einfach und ruhig wie irgendeiner von uns. Und er hat gesagt, ich werde seine Worte nie vergessen – ich hab sie damals noch am selben Tag zu Robby wiederholt – der alte Herr sieht den jungen John D. an, und wahrscheinlich hat er, so stell ich mirs wenigstens vor, ihm die Hand auf die Schulter gelegt, und er sieht ihn an und sagt: » *Mein Junge, spare in der Zeit, so hast Du in der Not!*«

Jawoll Herr!

Aber trotzdem –

Ich fürchte, ich komm n bißchen von Coolidge ab, und wenn ich etwas hasse, dann is es n Mensch, der, wenn er von ner Sache zu reden anfängt, nicht dabei bleiben kann.

Ich erinner mich, einmal hat einer von den Buchautoren bei uns im Kiwanis-Club gesprochen, und wissen Sie, der Mensch, er kann ja vielleicht tadellos schreiben (obwohl ich eigentlich sehen möchte, wie der sich hinsetzt und nen Brief diktiert, mit dem er jemand dazu bringt, sein Konto auszugleichen, und ihn doch nicht wild macht!) – und wie gesagt, wie er schreibt, weiß ich nicht, aber wie er *redet*, ich sage Ihnen, is der Mensch mit der Kirche um den heißen Brei rumgegangen! Da können Sie

---

[3] Die führende unter den amerikanischen Herzogsfamilien.

wieder mal sehen, wie den Burschen, die sich für so mordsmä-
ßig schlau und überlegen halten, ne ordentliche kaufmännische
Ausbildung fehlt!

Also, was ich sagen wollte, Robby legt die Platte aufs Ultraphon – den Apparat müßten Sie wirklich mal ausprobieren,
meine Herren – und sieht mich an und sagt:»Also, Vati, ich
hab ne Stellung in Zabriskies Apotheke für die Sonnabend-
nachmittage, und für jeden solchen Nachmittag bezieh ich einen und einen halben Dollar!«

Gut, was? Das will ich meinen! Dabei is er erst fünfzehn.

Aber was ich eigentlich sagen wollte: Wie der Junge und
seine Schwester die englische Sprache behandeln, das kann
mich einfach wild machen. Also, da hat er mal mit seiner
Schwester geredet, und er fängt an, sie mit einem Kerl aufzuziehen, in den sie verknallt war, und sagt:»Der Junge is ja dauernd blau.«

Aber sie gibt ihm auch gleich wieder, blitzschnell:»Ja, blau
wie ne Methodistensonntagsschule!«

Jawoll Herr, es geht auf keine Kuhhaut, was diese neue Generation mit dem guten alten Englisch macht, das Sie und ich
sprechen gelernt haben, in den guten alten Schulen, wo alles
gründlich war, und wos Zucht gegeben hat und nicht bloß sone
Wichtigmacher und Affenschwänze rumgelaufen sind, die sie
ganz einfach umbringen, die Sprache nämlich, und wie ich gesagt habe, wenn Schwesterchen – so sagen wir oft zu meiner
Tochter – wenn *die* von Coolidge reden würde, dann würde sie
wahrscheinlich sagen, daß er nicht »ei ei« is.

Ja, wenn Sie die Sache so ansehen wollen, schön. Vielleicht
kann er nicht so geschwollen reden wie manche Leute, die ich
Ihnen nennen könnte. Aber, meine Herren, ob einer von Ihnen
schon daran gedacht hat?

Er kann vielleicht nicht n blendendes Feuerwerk loslassen,
aber wissen Sie, was er is? SICHER is er.

Jawoll Herr, Cal is der Präsident für richtige ganze Amerikaner wie wir.

S gibt ja allerhand Leute, die ihm eins auswischen, aber was
sind die? Ihr süßes Leben können Sie wetten, daß er bei Säufern

nicht beliebt is, oder bei Verbrechern oder Anarchisten oder Gehirnakrobaten oder Zynikern –

Ich weiß noch, wie unser Pastor einmal gesagt hat: »Ein Zyniker is ein Mensch, der höhnt, und ein Mensch, der höhnt, lehnt sich auf und sagt Gott, daß er mit Gottes Arbeit nicht einverstanden is!« Nee Herr, Sie können Gift drauf nehmen, daß Coolidge nicht beliebt is bei den Bolschewisten oder bei so nem faulen Hund von Arbeiter, der fünfzehn Dollars im Tag für Nichtstun haben will! Nee Herr, und bei den Kokainschweinen auch nicht oder bei Säufern oder bei den Kerlen, die das Prohibitionsgesetz nicht unterstützen wollen –

Ich will ja nicht sagen, daß ich nie n Schluck trinke. Meine Ansicht über die Prohibition is:

Sobald ein Gesetz mal bei den rechtmäßig gewählten und eingesetzten Volksvertretern der Vereinigten Staaten durchgegangen is, also, sobald es mal in den Gesetzbüchern steht, is es *da*, und es is da, um unterstützt zu werden. Blinde Kneipen und illegale Destillen dürft es gar nicht geben, aber trotzdem, das braucht noch lange nicht heißen, daß man n Fanatiker werden soll.

Wenn jemand Lust hat, sich gutes selbstgebrautes Bier oder Wein zu machen, oder wenn man zu jemand ins Haus kommt und er Rum oder Gin anbringt, von dem man selber nicht weiß, wo er ihn her hat, und es einen weiter nichts angeht, oder wenn n Geschäftsfreund zu Ihnen kommt und Sie meinen, daß er ohne ne kleine Nachhilfe steif bleibt und nicht reden will, und Sie n guten verläßlichen Bootlegger kennen, auf den Sie sich *verlassen* können, ja, das is dann wieder ne andere Sache, und ich wenigstens kann keinen Grund auf Gottes grüner Erde finden, warum man sich das nicht zu Nutze machen sollte, immer vorausgesetzt selbstverständlich, daß Sie nicht jemandem ein schlechtes Beispiel geben oder die Sache so aussieht, als ob Sie was dafür übrig hätten, die Gesetze zu verletzen.

Nee Herr!

Aber um jetzt auf den Kern meiner Geschichte zu kommen, ich hoffe, daß ich Ihnen eine angenehme kleine Überraschung bereiten kann, meine Herren.

Ich kenne Coolidge persönlich!

Jawoll Herr, ich war sogar Jahrgangskollege von ihm! So sicher, wie ich Ihnen das sage! Ich werde den Herren ein genaues Bild von ihm geben, nicht nur wie ich ihn im College gesehen habe, sondern auch, wie ich ihn im Weißen Haus studiert habe!

Wenn ich sage, daß ich Jahrgangskollege von ihm war –

Also, die Sache is die: gewisse unglückliche Familienereignisse, auf die ich nicht einzugehen brauche, und die Sie auch nicht interessieren würden, haben mich daran verhindert, meine College-Ausbildung zu vollenden –

Mein Vater, und das war ein feiner, aufrechter, gebildeter Herr von der alten Schule, den immer eine hilfreiche Hand für jeden Sterblichen, ders nötig gehabt hat, schmückte, ein Mann mit prima Ruf in seiner Gemeinde – Fall River, Mass.; ja, ich bin in Fall River geboren worden und aufgewachsen, und das is, wie Sie vielleicht wissen, eine der schönsten und unternehmendsten und fortschrittlichsten Gemeinden im schönen Staate Massachusetts – er war dort der führende Mais- und Futtermittelhändler in seinem ganzen Bezirk von Fall River.

Aber leider hat er dem Rat eines sogenannten Freundes zu viel Vertrauen geschenkt.

Die Sache is die: er legte seine Ersparnisse in einer Perpetuum mobile-Gesellschaft an, die wenig oder gar keinen Wert hatte. Er starb, und das geschah ganz plötzlich im Dezember meines Fuchsjahres, und da mußte ich zurück nach Hause und die Bürde der Familienerhaltung auf meine Schultern laden.

Aber ich habe ganz entschieden auch in dieser verhältnismäßig kurzen Zeit in Amherst ne ganze Menge Wertvolles gelernt, und die Herren im Kiwanis-Club sagen mir, daß sie an der Qualität der Ansprachen oder Anträge, die ich im Club vielleicht einzubringen habe, und an den Begrüßungen der Redner sehen können, was für Erziehungsvorteile ich genossen habe.

Also eben damals im College hatte ich Gelegenheit, ein genaues Bild von Cal Coolidge zu bekommen, wie es vielleicht in diesen späteren arbeitsreichen Jahren, wo die Sorge um das Gedeihen der Nation auf ihm lastet, selbst seinen intimeren Mitarbeitern versagt geblieben is.

Ich könnte mich wohl nicht zu den engeren Freunden zählen, die Cal im College hatte, aber ich kannte ihn ziemlich gut. Wir haben nicht weit voneinander gewohnt, und ich hab ihn damals sehr oft gesehen. Ich will nicht leugnen, daß ich nie daran gedacht habe, daß er zu seiner jetzigen hohen Stellung und seinem internationalen und historischen Ruhm emporklimmen würde, aber auch schon damals konnte man an seiner Art zu arbeiten und an seiner Art, sich alles von allen Seiten anzusehen, bevor er etwas Unüberlegtes tat, sehen, daß er es zu etwas bringen würde, ganz egal welche Branche des Lebens er auch ergreifen sollte. Und wenn Sie wieder einmal einen über Coolidge meckern hören, dann sagen Sie ihm bloß das, ja, von einem, der ihn gekannt hat in einer Zeit, wo er noch nicht von Schmeicheleien umgeben war.

Ich weiß noch so genau, als obs gestern gewesen wäre, wie Cal und ich mal zusammen aus einer Vorlesung gekommen sind und ich gesagt habe: »Na, das wird ein kalter Winter werden«, und er hat sofort geantwortet: »Ja.«

Hat nicht ne Menge Zeit mit Streiten und Diskutieren verschwendet! Er hats gewußt!

Und noch etwas: Ich bin mit dem Lateinischen nie recht gut zu Rande gekommen. Mein Talent, könnte man sagen, liegt mehr auf dem Praktischen. Ich fragte Cal – wir gingen grade zusammen in die Vorlesung, und ich fragte ihn: »Sag mal, was heißt Widerstand leisten auf lateinisch?«

»Weiß nicht«, sagte er. Kein Rumreden und kein Aufschneiden und Bluffen, nee, gleich is er damit rausgekommen, peng! So n Mann is er, das lassen Sie sich von einem sagen, der ihn *kennt*! Jawoll, Herr, ich kannte den Jungen und hatte ihn gern und schätzte ihn, wie alle, die die seltene Möglichkeit hatten, ihn zu *verstehen*!

Und sich vorzustellen, daß ich nicht bekannt mit ihm geworden wäre, wenn wir nicht Kollegen in einem kleinen College gewesen wären!

Ich will Ihnen sagen, was ich davon halte, meine Herren: Der große, man könnte sagen, der unüberwindliche Vorteil der kleineren Erziehungsinstitute is, daß sie die jungen Leute so nah in Kontakt bringen und – wie Dr. Frank Crane[4] irgendwo in einer von seinen Sachen sagt – diese genaue Kenntnis des menschlichen Wesens liefern, die den jungen Menschen befähigt, in seinen künftigen Lebensbahnen und Kämpfen ums Dasein den Sieg davonzutragen. Das is meine Erfahrung gewesen.

Ja, und trotzdem –

Diese großen modernen Universitäten mit ihren Laboratorien und Stadiums und allen Sachen – sie haben wirklich etwas für sich; und ich muß Ihnen sagen, mein Sohn bereitet sich darauf vor, auf die Staatsuniversität zu gehen.

Aber trotzdem:

Da ich den Vorzug hatte – obwohl ich mir durchaus kein Verdienst daran gutschreibe, wohlgemerkt – auf meine bescheidene Weise mit Coolidge auf ziemlich nahem Fuß zu stehen, hab ich natürlich seinen Aufstieg zu weltweitem Ruhm mit besonderem Interesse verfolgt, und nachdem er Präsident geworden war, hab ich oft zu meiner Frau gesagt:»Herrgott, ich würde den Jungen gern mal sehen und ihm bloß wieder mal die Flosse drücken.«

Wohlgemerkt, nicht, weil er Präsident is. Schließlich hab ich ja auch ne Stellung erreicht, in der ich genau so unabhängig bin wie jeder andere. Ein amerikanischer Bürger hats nicht notwendig, vor irgendwem zu katzbuckeln oder Kotau zu machen, und wenns der Präsident oder n Millionär oder die Königin Marie[5] von Bulgarien is oder sonst wer –

Übrigens, die Königin Marie hat sich in Zenith aufgehalten. Sie is fast ne ganze Stunde zwischen zwei Zügen dagewesen, und ich kann Ihnen sagen, wir hatten dafür gesorgt, daß sie sich nicht langweilt. Der Bürgermeister hat ihr ne Rede gehalten und n Tintenzeug mit Goldverzierungen geschenkt, son kombiniertes Ding, wissen Sie, mit Thermometer und Tageskalender, und ich möcht wetten, daß sies grade jetzt den Leuten in ihrem Palast zeigt. Aber was ich sagen wollte:

Nicht, weil er Präsident is, wie ich meiner Frau auseinandersetzte, sondern –

---

[4] Ein um 1927 viel genannter Geistlicher, »der christliche Voltaire Amerikas.«
[5] Eine Dame, die einmal Königin war.

»Übrigens«, hab ich zu ihr gesagt, »ganz unter uns beiden, ich geh jede Wette ein, daß der Junge vor Freude einfach platzen würde, wo er sich doch immer mit Botschaftern und Generälen und Frank Kellogg und den ganzen großen Bonzen abgeben muß, wenn er sich mal für ne Minute gehen lassen und mit nem Menschen unterhalten kann, mit dem er in den alten sorgenfreien Tagen, bevor wir beide die Verantwortlichkeiten unserer jetzigen Laufbahnen auf uns genommen haben, so oft gelacht und gescherzt hat.«

Na und ungefähr vor sechs Monaten, als wir ne kleine Spritztour nach New York machen wollten –

Ich mußte nach New York, um mir n neues Hektographenmodell anzusehen. Ich bin in der Büroartikelbranche, müssen Sie wissen, und lassen Sie sich von mir sagen, meine Herren, daß ich, obwohl ich der Erste bin, der vor anderen Berufen Achtung hat, obwohl ich den Chirurgen ehre, der Sie noch retten kann, wenn Sie sich nur noch mit einem Bein ans Leben klammern, den Anwalt, der so glänzend Ihre Sache vertreten kann – obwohl ich persönlich immer der Ansicht bin, daß es besser is, sich ohne Gerichtsverfahren zu verständigen – oder den großen Bankier oder Warenhausbesitzer, trotzdem muß ich Ihnen bei aller Gerechtigkeit sagen:

Wer is es, der diesen Herren die Möglichkeit gibt, Geschäfte zu machen und ihre großen Ideen modern, rasch und zeitsparend auszuführen? Wer anders is es als der Mann mit den Büroartikeln? Jawohl, meine Herren, ich bin stolz auf meinen Beruf, und ich habe auch die Ehre, den Büroartikelhandel in unserem großen Zenither Kiwanis-Club zu repräsentieren!

Nehmen Sie bloß mal Registrierschränke!

Ich sage immer, manchmal lachen mich die Jungs im Athletic-Club aus, aber gutmütig, weil ich ebenso prächtige Freunde habe wie irgendwer, den ich kenne, glauben Sie mir, auf die bin ich allerhand stolz, ja, und da sag ich ihnen manchmal: »Jungens«, sage ich, »Ihr müßt schon entschuldigen, wenn ich blumig werde, aber ich bin ein großer Leser von Oberst Bob Ingersoll – obwohl ich der Erste bin, die unglückseligen religiösen Gedanken und den Skeptizismus zu verdammen, der diesen sonst großen Philosophen und öffentlichen Redner verunstaltet hat, und wahrscheinlich hab ich es von ihm, daß ich rede, ohne mich auf billige und vulgäre Phrasen beschränken zu müssen, abgesehen davon, daß ich Akademiker bin und –

»Entschuldigt, wenn ich große Worte mache«, sag ich oft zu ihnen – beim Lunch im Athletic-Club, wissen Sie – Sie wissen ja, wie viele Menschen zu schwefeln und zu schwatzen anfangen, wenn sie türmen und wieder in ihr Büro und an die Arbeit sollten, aber –

»Vielleicht meint Ihr, daß das n bißchen verrückt von mir is«, sage ich ihnen, »aber für mich sind die Schönheiten des modernen Registriersystems, das die Menschen in die Lage versetzt, augenblicklich und ohne den geringsten Zeit- oder Kraftverlust einen Brief zu finden, von dem vielleicht der Abschluß eines wichtigen Geschäfts abhängt, praktisch gesehen, ganz zu geschweigen von der äußeren Erscheinung moderner heutiger Registrierschränke, die nicht mehr hölzerne Kisten sind, sondern entweder Stahl oder feuersicheres Holz, das schönste Beispiel für die Kunst des Kunsttischlers, und die seltensten Holzarten vollkommen imitieren – für mich«, sage ich ihnen oft, »sind diese Registriersysteme in jeder Hinsicht so schön wie des Dichters Lied, wie die Rosen auf den Wangen der Jungfrau, wenn sie zum erstenmal die ersten geflüsterten Liebesworte hört, oder das zarte Zirpen der Vogelmutter zur Abendzeit, wenn sie ihren Nestlingen zuzirpt. Jawoll Herrschaften, Euer süßes Leben könnt Ihr wetten, daß sie so schön sind, und wenn Ihr noch soviel darüber lacht!«

Also wie gesagt, ich mußte nach New York, um nachzusehen –

Gewöhnlich kauf ich in Chicago ein, aber das war eine neue Erfindung, die die Grossisten in Chicago noch nicht hatten. Ich war ziemlich runtergearbeitet, und meine Frau war auch nicht ganz auf dem Posten, sie hatte ne Grippe hinter sich und war noch in den Nachwehen –

Wissen Sie, is *das* ein Fluch! Ich weiß nicht, meine Herren, ob jemand von Ihnen schon mal dran gedacht hat, daß die Grippe, obwohl sie in jedem einzelnen Fall viel weniger gefährlich is als sone Krankheiten wie Pest oder Gehirnentzündung, trotzdem, wenn man die Anzahl der Leute bedenkt, die daran erkranken – und schließlich, wenn man sich mit etwas beschäftigt, muß man die Statistik kennenlernen – natürlich hat n Büroartikelmensch da, weil er im Geschäft is, selbstverständlich große Vorteile – wenn Sie bedenken, wie *viele* Leute die Grippe kriegen, dann siehts aus, als ob sie eine der wichtigsten Krankheiten wäre. Ich kann Ihnen sagen, ich bin so religiös wie sonst wer, und ich denk auch nicht im Traum daran, an den Lehren der Prediger rumzukritteln – die sollen nur Theologie und Religion ausknobeln, sag ich immer, und ich bleib beim Büroartikelgeschäft. Aber muß man nicht manchmal fast an der Vorsehung zweifeln, wenn man die rätselhaften Wege sieht, wie die Krankheit den Gerechten mit dem Ungerechten heimsucht?

Na ja, also meiner Frau is noch immer die Nase gelaufen, und Kopfschmerzen hat sie auch noch gehabt, mehr als sechs Wochen nachdem der Doktor gesagt hat, daß er sie ganz von der Grippe geheilt hat!

Und da hab ich zu ihr gesagt: »Mausi«, so sag ich oft zu ihr, »was meinst Du, wenn Du und ich und Delmerine –«

Delmerine, so heißt nämlich meine Tochter. Übrigens, ich hab mich ja noch gar nicht vorgestellt. Lowell Schmaltz ist mein Name –

Komisch! Ne ganze Menge Leute halten Schmaltz für nen deutschen Namen, aber selbstverständlich, wenn man sichs genau ansieht, is er natürlich gar nicht deutsch, sondern Pennsylvania-Dutch, und das is ja fast genau dasselbe wie Neuengland-Yankee, und –

Also, ich dachte, Delmerine könnte ganz gut weg, weil sie mit der Hochschule fertig war.

Ich hab sie gefragt, ob sie ins College will – selbstverständlich könnt ich mirs ausgezeichnet leisten, sie hinzuschicken – aber sie hat sich die Sache überlegt und fühlt sich mehr so n bißchen zum Musikalischen berufen, und da hat sie sich auf Gesang und Klavier gelegt. Aber ich dachte, das könnte sie ja ganz gut auf n paar Wochen unterbrechen, und da sagte ich –

Robby (das ist mein Sohn), der konnte natürlich nicht weg, weil er in der Schule war, aber –

Also, ich sage zu meiner Frau: »Muttchen, was würdest Du dazu sagen – ich muß wegen ner geschäftlichen Sache nach New York, und jetzt is ziemlich flau, und wie wärs, wenn Du mit Delmerine mitkommst und Ihr Euch die Stadt und alles anseht?«

Mensch, hat die Frau sich aasig gefreut! Sie hat New York noch nicht gekannt, und natürlich, da –

Also nicht, daß ich in dem großen Nest leben möchte. Ich sage immer: New York is ne blendende Sache für nen Besuch von n paar Tagen, mit den Theatern und dem ganzen Zeug, aber dort zu leben – nee, ich würde nicht dort leben, und wenn man mir den Times Square geben würde und noch den River Side-Korso als Zugabe. Mit Zenith verglichen –

Sie können mir glauben, meine Herren –

Ich halte nichts davon, rumzulaufen und ununterbrochen vom eigenen Nest rumzutrompeten. Zenith wird ja wohl, praktisch sozusagen, nicht besser sein als Minneapolis und Cincinnati oder Pittsburgh zum Beispiel. Aber es is ganz entschieden ne erstklassige Stadt, und ob Sies wissen oder nicht, wir stehen nicht nur an erster Weltstelle in der Erzeugung von Lautsprechern und Monteuranzügen, wir haben auch seit Lindberghs Transozeanflug alle Pläne ausgearbeitet und auch schon n hübsches Stück Geld aufgebracht, um das größte und schönste Flugfeld zwischen Chicago und New York zu bauen, außer Detroit und Dayton natürlich, und ins Areodrom soll n Restaurang kommen, das vierundzwanzig Stunden im Tag warme Küche hat.

Und ich muß sagen, Muttchen und mir gehts recht gut dort. Glauben Sie mir, wir habens nicht nötig zu reisen, um zu lernen, wie man wohnen soll! Es is erst n paar Jahre her, da hab ich n blendendes kleines Häuschen fertiggebaut, im italienischen Villenstil, mit nem spanischen Missionseingang. Wir haben zwei Badezimmer und nen Kamin, und alles erstklassig eingerichtet, und im Suterreng hab ich ne elektrische Waschmaschine und nen Mülleinäscherer installieren lassen, und dann haben wir noch ne Sache, die Sie nicht in vielen Häusern finden werden: in beiden Badezimmern hab ich nen Schlitz in der

Mauer, direkt neben dem Waschbecken, zum Aufheben von den Rasierklingen.

Und wissen Sie! Ich hab nen großartigen Plan. Einmal werd ich so weit sein – und ich bin, weiß Gott, kein Kind mehr! – s klingt verrückt, aber das war doch der größte Luxus, den Sie sich ausdenken können, meine Herren; denken Sie bloß, wenn Sie n schönes, langes, gemütliches heißes Bad nehmen; einmal werd ich mir n Radio in meinem Badezimmer anbringen! Aber das ist ein Ideal, das erst ausgeführt werden muß. Vielleicht wird das mein Beitrag zum amerikanischen Fortschritt sein. Aber reden wir vorläufig noch nicht davon. Wie ich sage, wir wohnen gar nicht so schlecht.

Und selbstverständlich fahr ich selber meinen Chrysler, und meiner Frau hab ich n Chevroletcoupé geschenkt –

Junge, Junge, hab ich die damals hochgehen lassen. Sie is ne eklig nette kleine Frau, wenn ich so sagen darf; immer ne prima Ehefrau gewesen, auch wenn sie manchmal n bißchen schimpft, daß ich zu schnell fahre. Also, an ihrem letzten Geburtstag komm ich nach Haus, und natürlich is sie in der ganzen Bude rumgefahren wie ne besoffene Wespe, weil ich an ihrem Geburtstag immer was für sie in der Tasche habe.

»Weißt Du, was für n Tag heute is?« sag ich schließlich zu ihr, nachdem ich mir die Zeitung durchgesehen und n bißchen Radio gehört hab – obwohl ich noch ganz genau weiß, daß damals nichts zu hören war, als die täglichen Berichte vom Packhof in Omaha.

Sie macht ne vergnügte Miene und versucht n Gesicht aufzustecken, als ob sie nichts wüßte, und sagt: »Nein, warum denn?«

»Es is der Tag – oder wird vielmehr der Abend sein – an dem der Kampf Kid Milligan – Pooch Federstein stattfindet, und wir sollten wohl n paar Leute einladen und am Radio zuhören«, sag ich.

Na, Herrschaften, hat das arme Wurm vielleicht enttäuscht ausgesehen. Ich wußte nicht recht, ob sie sich zusammennehmen oder ob sie mich runterputzen wird – ich kann nicht leugnen, daß sie das manchmal macht. Aber sie war anständig und hat nichts gesagt, und ziemlich bald, so nach fünfzehn, oder vielleicht waren es auch zwanzig Minuten, sage ich, wir könnten n bißchen rausgehen und nen kleinen Spaziergang vorm Essen machen. Na, inzwischen, verstehen Sie, hab ich das Chevroletcoupé bringen und direkt vorm Haus aufstellen lassen.

»N hübscher kleiner Wagen«, sag ich, wie ich den Chevrolet sehe. »Wie der wohl läuft?«

Und ich geh hin und setz mich rein und laß ihn an!

Na, Herr – Sie wissen ja, wie Weiber sich aufführen. Sie schimpft mich aus, und sie meckert, und sie wird ganz empört und sagt: »Aber Lowell Schmaltz«, sagt sie, »was soll denn das heißen? Was wird denn der Besitzer sagen?«

»Ne ganze Menge wird er wohl sagen«, ich hab lachen müssen, »wenn er – oder sie – mich drin sieht!«

»Also, ich hätt es nie für möglich gehalten, daß Du so was tust«, sagt sie. »Sofort schaust Du, daß Du aus dem Wagen rauskommst!«

Junge, was war die wild!

»So wird man also behandelt, was«, sag ich und setz n beleidigtes Gesicht auf und geh raus, und dann zeig ich ihr ne kleine Karte, die ich an den Türgriff angebunden hatte – ich hab sie selbstverständlich selber angebunden – und dadrauf stand: »Für Muttchen zu ihrem Geburtstag von Männe« – Männe – is ja n bißchen komisch, aber so sagt sie manchmal zu mir, wenn wir so n bißchen Dummheiten machen.

Mensch, wenn die nicht vielleicht fast auf den Rücken gefallen ist!

Jawoll Herr, klar, wir haben beide jeder unseren eigenen Wagen, obwohl meiner –

Es liegt nicht am Chrysler selbst, ich bin ganz sicher, entschieden ne eins a Maschine, aber in der Garage is dran rumgepopelt worden, und mein Wagen hat irgendwo drinnen n Geräusch, von dem ich, weiß Gott, nicht feststellen kann, wos steckt, und ich sage Ihnen, wenns was gibt, was mich beim Fahren wild macht –

Ich sage ja lange nichts – wissen Sie, wie mir mal nach erst zweitausend Meilen die Luft aus nem Reifen rausgegangen ist (hat einer von den Herren vielleicht schon mal den Melpsreifen probiert? Also, tun Sies nie, das kann ich Ihnen raten, Sie können mir glauben, ich weiß da Bescheid, ich hab ihn zweimal ausprobiert, und meiner Ansicht nach is der ganze Quatsch, den sie in ihren Inseraten da von dem kreuzweis gelegten Gewebe, oder was das is, schreiben, alles Mumpitz; was sie von dem Erfolg davon behaupten, is gar nicht wahr) –

Diese großen Sachen kann ich fressen, aber ich muß Ihnen sagen, das allerkleinste Geräusch, kann ich Ihnen sagen, das macht mich beim Fahren einfach verrückt.

Also, bitte, am letzten Sonntag erst hab ich die ganze Familie zu nem Vetter von uns hinausgefahren, der in Elmwood wohnt, wir waren zum Essen eingeladen, und s war der schönste Tag, den Sie sich denken können, aber grade wie die Sache angefangen hat mir Spaß zu machen und wir aus der Stadt rauskommen und ich mir die neue Tankstelle ansehe, die sie dort jetzt haben – ich kann Ihnen sagen, Herrschaften, das is eine von den feinsten Tankstellen in den ganzen Vereinigten Staaten: zwölf Pumpen haben sie und ne Imbißstube, die so hergerichtet ist, daß sie aussieht wie ne altmodische Blockhütte, und n Zubehörlager mit nem großartigen riesigen, enormen Fischaquarium im Fenster, das mit Goldfischen einfach gestopft voll ist. Und Geranien.

Und grade wie ich Muttchen das zeige – kommt da nicht plötzlich wieder dieses Geräusch? Also ich sage Ihnen, den ganzen Tag hat mir nichts Freude gemacht. Nach m Essen hab ich Vetter Ed auf ne Fahrt mitgenommen, weil ich sehen wollte, ob er das mit dem Geräusch rauskriegen kann, und wir sind gleich durch n paar Wälder gefahren, so n Park den sie dort haben, kolossal hübsch, und ich hätt schon meine große Freude dran gehabt – ich hab immer viel von der Natur gehalten – aber jedesmal, wenn ich mir nen Baum oder ne hübsche Bank im Bauernstil oder so was angesehen hab, immer hat dann das verdammte Geräusch wieder angefangen, und Vetter Ed – er glaubt, daß er weiß Gott was von Automobilen versteht, aber das mit dem Geräusch hat er genau so wenig rausgebracht wie ich.

Aber wie ich gesagt habe: Ich glaube, wir habens genau so gut wie die meisten Leute, und wir habens sicher nicht nötig, von Zuhause wegzufahren, um uns zu amüsieren, aber wie ich meiner Frau gesagt habe: »Ich meine, Du könntest mit Delmerine mitkommen und Dir rasch mal New York ansehen«, da hat sie n Gesicht gemacht, als ob sie ne Million Dollars geerbt hätte.

Und Delmerine, die hat bloß geschrien: »Junge, Junge! Ich will mir mal diese Manhattan-Kabaretts gründlich ansehen!«

»Und wir könnten auch unterwegs Vetter Walter in Troy aufsuchen«, sagte ich.

»Ach nein, lieber nicht«, sagt meine Frau.

»Aber wir *müssen* hin! Wohnt denn Vetter Walter vielleicht nicht dort?« sag ich.

»Na, und wenn schon?« sagt sie. »Ihr beide habt Euch doch nie riechen können!«

»Na, das mag ja schon richtig sein«, sag ich, »aber er ist doch unser *Verwandter*, oder vielleicht nicht? Und wenn man reist, muß man seine Verwandten besuchen, oder vielleicht nicht?«

Also, um ein Langes kurz zu machen, wir machten aus, n paar Tage bei Vetter Walter zu bleiben – und dann – Mensch! – dann hab ich die große Überraschung springen lassen!

»Und von New York«, sage ich, »werden wir über Washington zurückfahren und dort bleiben und den Präsidenten besuchen!«

»Aber Papa, das können wir doch nicht!« schreit Delmerine.

»Jetzt möcht ich aber wissen, warum nicht?« sag ich. »Sind wir vielleicht nicht Jahrgangskollegen?«

»Ja, aber er erinnert sich vielleicht nicht mehr an Dich«, sagt sie.

»Jetzt paß mal auf!« sag ich. »Wenn Du auch nur einen Augenblick glaubst, daß ich im College nicht ebenso wichtig war wie er, und damals vielleicht sogar – sie haben alle gesagt, wenn ich bis zum Frühling hätte bleiben können, war ich in die Baseball-Mannschaft gekommen – aber davon is ja gar nicht die Rede! Merk Dir, gleich jetzt und auf der Stelle, daß solche Worte eine Beleidigung sind, nicht für mich, meine feine junge Dame, sondern für den höchsten Beamten selber!

»Welche Eigenschaft zeichnet Führer wie Cal am stärksten aus? Es ist nicht nur sein tiefes Denken, sein unerschütterlicher

Mut, seine leutselige und demokratische Art, nein, daß er eine so innige Kenntnis der menschlichen Natur hat, daß er jeden Menschen rasch, aber ganz kennenlernt, sofort, wenn er ihn kennenlernt, und ihn nie vergessen *kann* – das ist es! Ihr müßt wissen«, sage ich zu den beiden, »daß ich weiß, daß der Präsident einer der beschäftigtsten Menschen im ganzen Lande ist, er muß Dokumente unterzeichnen und Logenabordnungen die Hand drücken und so weiter, und ich habe bestimmt nicht vor zu stören, wir werden bloß vorbeikommen und ihm ne angenehme Überraschung bereiten – denkt doch mal an, wie lang es her is, daß wir uns gesehen haben! – und ihm ganz einfach die Hand drücken und wieder weitergehen. Und Du, Delmerine, wirst Deinen Enkelkindern erzählen können, daß Du einmal die Stimme von Calvin Coolidge gehört hast!«

Also, wie ich ihnen das alles klargemacht habe, da. sind sie ganz einfach vor Freude über die Aussicht geplatzt, und dann haben wir angefangen Pläne zu machen – ich für meine Person wollte ja bloß n paar Coupékoffer mitnehmen, aber meine Frau war für den großen schwarzen Koffer, und ich muß sagen – ich bin immer der Erste, ders zugibt, wenn ich untergekriegt werde, und das hat mich Muttchen damals! – Sie hat mir bewiesen, daß ich in New York meinen Frack mithaben muß, und daß er in einem Schrankkoffer gar nicht zerdrückt werden kann – und wissen Sie, weil grade die Rede davon is, ich bin überzeugt, daß es den Herren schon ebenso aufgefallen is wie mir: das is doch mal eine der erstklassigsten und wichtigsten modernen Erfindungen, die soviel dazu beitragen, das Leben glücklich zu machen, der Schrankkoffer, und wie ers bequem macht, gemütlich zu reisen und die Welt kennenzulernen, jawoll, klar, damals hat sie recht gehabt, und –

Und gleich dann –

Wissen Sie, es is doch komisch, wie man sich bei kritischen Zeiten auch an verhältnismäßig unwichtige Einzelheiten erinnert! Gleich darauf is Robby – das is mein Sohn, er is erst fünfzehn, und der kleine Bengel hatte mit Rauchen angefangen, ich hab ja wohl alles getan, um ihn dran zu verhindern, aber er ist so n schlauer kleiner Bettelfritze, wissen Sie, wie er immer antwortet, wenn man ihn ausschimpfen will, so daß ich nie n Wörtchen anbringen konnte. Also, er kommt rein –

Und übrigens, ich muß Ihnen sagen, mit den Zigaretten is das so ne Sache.

Ich glaube, ich kann mich mit gutem Recht einen, was man so sagt, modernen, heutigen, liberalen Mann nennen. Ich war der Erste in meiner Gegend, der sich n Radio angeschafft hat, und ich war immer der Ansicht, daß man Sacco und Vanzetti nicht hätte hängen sollen, wenn sie unschuldig waren. Aber wenn sichs ums Rauchen handelt, denn is mir immer noch ne Pfeife oder ne gute Zigarre lieber.

Aber was ich sagen wollte, er kommt zigarettenrauchend rein, und Delmerine – das is meine Tochter, und ich muß Ihnen sagen, meine Herren, das Mädel kann meiner Ansicht nach, gleich jetzt, genau so gut singen wie die Schumann-Heink oder Sophie Tucker oder sonst eine von den berühmten Primadonnas – also sie ruft ihm gleich zu:»Du, was sagst Du, Vati nimmt uns zu nem Besuch bei Präsident Coolidge mit.«

Und der Junge sagt:»Heiliger Bimbam! Wirst Dus ihm rechtzeitig sagen, damit er sich drücken kann?«

Na, ich kann Ihnen sagen, ich hab ihm ja vielleicht allerhand erzählt! Ich bin sehr dafür, daß man den Bengels ihre Freiheit läßt, aber ich habe Robby immer und immer wieder gesagt, daß es auf nette Sprache und nette Manieren ankommt, wenn man in dieser Welt weiterkommen will, und wenn er sich seine Mutter und mich n bißchen besser ansehen würde, statt der vielen obergescheiten, zigarettenlutschenden Hochschulverbindungsaffengesichter, daß er dann besser dran wäre! Klar! Allemal!

Also, und dann sind wir losgefahren. Ich will die Herren nicht mit ner Menge Einzelheiten von unserer Reise langweilen. Was Sie hören wollen, is natürlich der genaue Einblick von Coolidge und dem Weißen Haus, den ich haben durfte. Ich will die Sache also kurz machen und direkt auf den eigentlichen Kernpunkt der Geschichte kommen.

Wir sind also ungefähr ne Woche später mit dem Nachmittagszug gefahren und – wissen Sie, es is doch allerhand, was, die Bequemlichkeiten, die man heutzutage auf der Eisenbahn hat – in Amerika, mein ich, nicht im Ausland. Jemand, der jeden Zoll in Europa kennt, hat mir erzählt, daß es dort über die ganze Länge und Breite vom Alten Land nichts gibt, was man wirklich nen bequemen Zug nennen könnte. Aber hier –

Da sitz ich im Clubwagen, mit jeder Bequemlichkeit und allem Luxus – alkoholfreie Getränke (ich persönlich finde immer, daß das beste Getränk im Pullman n Loganberry-Soda is) – und das kann man haben, indem man ganz einfach auf nen Knopf drückt, und ne richtige Bibliothek mit Gratis-Magazinen und allem, vor allem der *Saturday Evening Post*, die, alles in allem, meine Lieblingszeitschrift is, besonders die Inserate, jetzt seitdem sie in Farbdruck gebracht werden.

Ja! die sollen sich von mir aus ihre alten Meister nur behalten; ich will nicht mehr als n paar von den Inseraten!

Jawoll Herr, es is einfach wunderbar, was für Fortschritte das Inseratenwesen in den letzten paar Jahren gemacht hat. Natürlich bewunder ich die wirklich führenden und großen amerikanischen Schriftsteller – Mrs. Rinehart und Peter B. Kyne und Arthur Brisbane[6] – aber ich weiß nicht, ob sogar die an die Leute rankönnen, die heute diese Inserate verfassen. Und das war ne unerhört gute Idee – ich hab keine Ahnung, wer der Erste war, aber ich meine diese Idee, in alle Inserate Mädels mit hübschen Beinen reinzubringen; nicht nur in Strumpfinserate, sondern auch in Autoinserate, wo man sieht, wie sie in den Wagen steigt; und bei allen anderen Gelegenheiten. Jawoll Herr, wenn einer die Vereinigten Staaten verstehen will, dann braucht er sich nur die Inserate in der *Saturday Evening Post* ansehen, und dann wird er schon merken, warum wir die fortgeschrittenste Nation und auch die individuellste der Welt sind.

Es gibt ja ne Menge Meckerfritzen, die behaupten, daß Amerika normalisiert is, aber –

Also, um ein Beispiel zu nehmen, nehmen wir mal – also, bloß zum Beispiel, nehmen wir mal den Herren, mit dem ich geluncht hab, bevor ich in den Zug eingestiegen bin – nehmen

---

[6] Drei hervorragende amerikanische Romanciers im ersten Viertel des zwanzigsten Jahrhunderts.

wir bloß mal die Unterschiede zwischen ihm und mir. Wir sind beide im Athletic-Club, wir sind beide in Logen, wir haben unsere Geschäftslokale im gleichen Block, unsere Wohnungen sind nicht weiter als ne Viertelmeile voneinander entfernt, wir haben beide was für Golf und für ne nette lustige Jazzmusik im Radio übrig. Und doch sind wir beide – der Herr heißt Babbitt, G. F. Babbitt, er is Häuser- und Grundstücksmakler – wir sind so verschieden wie Moses und Gene Tunney[7].

Während diese armen Teufel von Europäern am Boden liegen und nicht die Möglichkeit haben, ihre Charaktere durch die große und weite Freizügigkeit, die so typisch für das amerikanische Leben is, zu entwickeln, können George und ich miteinander befreundet und doch so ganz verschieden sein.

Also, zum Beispiel: ich fahr einen Chrysler, und Babbitt nicht. Ich bin Kongregationalist, und Babbitt kann mit nichts anderem was anfangen als mit seiner alten Presbyterianer-Kirche. Er trägt diese großen runden Brillen, und mich könnten Sie nicht dazu bringen, was anderes zu tragen als nen Kneifer – viel würdiger, *meiner* Ansicht nach. Er is so, daß er Golf an und für sich gern spielt, und ich geh lieber fischen, alle Tage. Und – und so weiter. Jawoll Herr, es is einfach wunderbar, wie die amerikanische Zivilisation, die, könnte man sagen, in der modernen Reklame ihren Ausdruck findet, wie ein Redner vor kurzem im Kiwanis gesagt hat, das freie Spiel des Individualismus unterstützt.

Aber was ich sagen wollte –

Um ein Langes kurz zu machen, wir sind richtig zu Vetter Walter in Troy gekommen und haben dann weiter gemacht nach New York –

Aber wissen Sie, Walt hat uns hochfein aufgenommen – ich muß sagen, ich bin zur Ansicht gekommen, daß er schließlich gar nicht so n schlechter Kerl is. Und er hat ein neues Haus, das, und ich bin der allererste, der das zugibt, das genau so modern is wie meins. Ein modernes anheimelndes Heim.

---

[7] Ein berühmter Sportsmann, auf den G. Bernard Shaw nicht ohne Einfluß geblieben ist.

Staubsauger und Gaswäschetrockner und einer von den modernen geräuschlosen elektrischen Kühlschränken –

Mensch, is das mal ne Annehmlichkeit! Ich hab nie begreifen können, warum man so viel mit Babe Ruth[8] hermacht, oder von mir aus auch mit nem richtigen Pionier der Wissenschaft wie Lindbergh, wo wir doch noch gar nichts dazu getan haben, das unerhörte Meistergenie anzupreisen, das den elektrischen Kühlschrank erfunden hat.

Denken Sie doch bloß an, was der leisten kann! Liefert Ihnen alle Arten von Eisdessert! Macht den Eismann, der Dreck an den Hintereingang bringt, überflüssig! Liefert Eiswasser, so daß man Tag und Nacht ein erfrischendes Getränk haben kann! Ich sage immer: die sollen sich nur ihre großen Bibliotheken, ihre schönen Kunstgalerien, ihre Privatorgeln und ihre Rosengärten behalten, wenn sichs um *praktische* Dinge handelt, die das Haus verschönern und zu ner gemütlichen Sache für ne wirkliche Familie machen, dann will ich meinen elektrischen Kühlschrank haben!

Und ich kann auch nicht leugnen, daß Walts Radio meines ein ganz klein bißchen in den Schatten stellt. Und es gibt nicht viel, was die soziale Stellung und Gehobenheit eines Menschen besser zeigt als sein Radio.

Und *das* is vielleicht ne Erfindung! Was für eine Erfindung! Wenn man von Wundern redet –

Denken Sie bloß an! Da sitzen Sie zu Hause in Ihrem guten alten gepolsterten Lehnstuhl, glücklich und zufrieden wie ne Muschel bei Ebbe (oder is es bei Flut? – na is ja egal). Sie sitzen da und rauchen Ihr Pfeifchen und drehen am Knopf und was kommt dann? Denken Sie an! Direkt da zu Hause bei Ihnen hören Sie die beste Jazzmusik im ganzen Land, Orchester in den besten Hotels von Chicago und die wunderbare Kapelle in Zion City! Und alle Hockeywettspiele, während sie gespielt werden! Witze von den besten Schauspielern im Land –

Übrigens hören Sie, da hab ich grade erst gestern nen fabelhaften im Radio gehört. Also, da sitzen n paar Leute im Pullman und unterhalten sich, genau so wie wir jetzt. »Hab ich Sie

---

[8] Ein professioneller Fußballspieler.

nicht mal in Buffalo gesehen?« sagt der eine zum anderen, und der andere sagt: »Ich bin nie in Buffalo gewesen«, und da sagt der Erste wieder: »Ich auch nicht – müssen zwei andere gewesen sein!«

Jawoll Herr! Und dann denken Sie doch mal an die belehrenden Vorträge, die Sie im Radio kriegen – übrigens, gestern hab ich gehört, daß das Auge der gewöhnlichen Stubenfliege, mehrere tausend warens, glaub ich, einzelne Linsen hat. Haben Sie das schon gewußt?

Und dann die Predigten am Sonntagvormittag. Ja, das allein schon würde das Radio zu einer der weltumstürzendsten Erfindungen machen, die die Welt je gesehen hat.

Ich kann Ihnen sagen, das is ne richtige geistige Erhebung für nen armen Teufel, der die ganze Woche, abgesehen vielleicht vom Kiwanis-Lunch, sich mitten im Staub der Alltagsdinge plagen und placken muß und alles Höhere vergißt. Klar! Ich werd nie eine Predigt vergessen, die ich nie hätt hören können, wenn ich kein Radio hätte, s war ganz weit weg in Youngstown, Ohio – Reverend Wayo, er hat darüber gesprochen, daß er nicht sagen möchte, daß jeder Atheist n Schnapspascher is, daß man aber sein süßes Leben wetten kann, daß jeder Schnapspascher n Atheist is!

Blendende Idee für ne Predigt, was? Und –

Jawoll Herr, s hat noch nie was gegeben, was dem gesunden Internationalismus so gut dient, was die destruktivistische und ruchlose Propaganda der Bolsche- und Pazefisten so zunichte machen kann wie das Radio, und ich für meine Person stell es als Ansporn für die neue Ära auf eine Stufe mit den Kartotheken.

Also, wie gesagt, Walts Radio war mindestens genau so gut wie meins, und wir haben n paar blendende Autofahrten in die Umgebung von Troy gemacht und ne große Biergesellschaft am Sonntagabend gehabt – der einzige Abend, an dem wir lang aufgeblieben sind – und ich hab mich kolossal gefreut zu sehen, daß Walt noch immer regelmäßig lebt und so gegen zehn in die Falle kriecht.

Ich kann Ihnen bloß sagen, Sprichwort Wahrwort: »Morgenstunde hat Gold im Munde« – ich für meine Person hab das richtig gefunden – und wir sind auch auf ein paar Runden Golf rausgefahren –

Also jetzt nehmen Sie mal Golf. Weiß Gott, wenn mir vor fünfzehn Jahren einer gesagt hätte, daß ich auf m Golfgrund draußen sein und ner kleinen weißen Kugel nachrennen werd, dem hätt ich glatt erklärt, bei Ihnen piepts, aber ich muß Ihnen sagen, ich bin dahintergekommen, daß Golfspielen ne ausgezeichnete Methode is, Kunden kennenzulernen, und dann hab ich auch gesehen, was für n Schlappschwanz ich früher gewesen bin, jetzt bin ich so weit, daß ich das Spiel selber ganz gern hab – Sie sehen ja, dort in Troy hab ich gespielt, obwohl ich keine wertvollen Bekanntschaften gemacht hab – und sogar obwohls ziemlich kalt war, und –

Mir scheint, es is wirklich wärmer geworden als damals, wie wir Jungs waren. In den Zeitungen kann man ja lesen, daß sichs nicht wesentlich geändert hat, aber man kann mir sagen, was man will, können Sie sich nicht mehr erinnern, wie hundemäßig kalt s immer am Morgen war, wenn wir aufstehen und in die Schule toben mußten, und jetzt siehts doch so aus, als wenn wir überhaupt keine altmodischen Winter mehr hätten – vielleicht is das mit n Grund dafür, warum die Jungs heutzutage nicht mehr soviel Zutraun zu sich selber haben wie wir seinerzeit –

Aber ich will nicht abschweifen. Wie gesagt, der Aufenthalt bei Walt hat mir ganz entschieden mehr Freude gemacht, als ich erwartet hatte, besonders was er vom Krieg erzählt hat, er hat nämlich einen ganz ausgezeichneten Einblick gehabt, er war Leutnant im Truppenausbildungslager in Devon –

Sie wissen ja, s gibt ne ganze Menge von so falschen Ansichten über den Krieg. Ich will ja nicht Kritik üben an General Pershing – ich weiß, er gehört zu den größten Generälen, die wir gehabt haben, auf eine Stufe mit Grant und Lee und Israel Putnam, aber trotzdem, was wir hätten tun sollen, was ich getan hätte, wenn ich was zu sagen gehabt hätte, das war: direkt durchmarschieren bis nach Berlin und die Deutschen tüchtig leiden lassen – so leiden, wie wir gelitten haben.

Das hab ich auch meiner Frau erklärt, und da sagt sie: »Aber Lowell T. Schmaltz«, sagt sie, »schämst Du Dich denn nicht!

Wir kennen doch n paar Deutsche, die schrecklich nette Leute sind!«

»Du kennst die Deutschen nicht wie ich«, hab ich zu ihr gesagt, »sie haben gar keine fortschrittlichen Ideen. Sie sind für Regierung durch Tyrannei und Despotismus und Gewalt und alles das, und wenn sie unsere demokratischen Ideen nicht begreifen, dann sollten sie eben dazu *gezwungen* werden. Jawohl, das sollten sie und nichts andres!« hab ich zu ihr gesagt. »Aber trotzdem, eins muß man ihnen lassen – sie haben sich nach dem Krieg feste ran gemacht an die Arbeit. S war ganz gut, wenn *unsere* Arbeiter so arbeiten würden, statt immer auf die Uhr zu schauen und die ganze Zeit über Lohnerhöhungen nachzudenken!«

Aber um ein Langes kurz zu machen, unser Aufenthalt in Troy war wirklich schön, und dann sind wir nach New York weitergefahren. Trotzdem, ich war die ganze Zeit, die ich in New York war, schief gewickelt. Die verdammten New Yorker – hoffentlich is keiner der Herren aus New York – die scheinen sich ja einzubilden, daß sie an der Spitze der Nation stehen, und ich sage immer, in Wirklichkeit is das die provinziellste Stadt im ganzen Land. Da lob ich mir allemal mein Chicago.

Sehen Sie, wenn ich nach Chicago komme, da steig ich erstens immer im Grand Imperial Palace Hotel ab, das is n nettes, ruhiges kleines Haus, und dort *kennen* mich alle Leute und geben sich Mühe, zuvorkommend zu mir zu sein, aber in den großen New Yorker Hotels, da sind die Leute ja so unfreundlich, man könnte meinen, daß sie einem nen Gefallen tun.

Und dann das Geschäft –

In Chicago hab ich das Hauptgeschäft, könnt man sagen, mit Starbright, Horner und Dodd; und Billy Dodd kümmert sich selber um mich, und wissen Sie, das is mal n Mensch, mit dem es ne Freude is Geschäfte zu machen, n richtiger ganzer Kerl, und immer hat er ne nette Geschichte und ne feine Zigarre für einen und benimmt sich so, daß man glaubt, er freut sich einen zu sehen, und er gehört auch nicht zu den Leuten, die alle möglichen Zicken machen, wenn einer mal vielleicht augenblicklich nicht ganz bei Kasse is und nen kleinen Aufschub von n paar Tagen oder nem Monat oder so haben will.

Jawoll Herr, und wie oft hab ich mit Billy im alten Palmer House geluncht, bevor es niedergerissen worden is, und obwohl natürlich das neue Palmer House n richtiger Palast genannt werden kann, trotzdem, wissen Sie, das alte Lokal hat so ne Art Atmosphäre gehabt, und ich kann Ihnen sagen, dort haben sie gewußt, wie man n Steak mit gerösteten Zwiebeln macht, grade recht, nicht zuviel und nicht zuwenig durch. Mm! Und Austernragout. Aber in New York —

Die ganze verdammte französische Luxusküche, und *Preise* —

»Du lieber Gott«, hab ich zu einem von den ganz feinen Oberkellnern gesagt, oder vielleicht war er auch so ne Art Geschäftsführer, auf jeden Fall wars der Kerl, der die Bestellung aufnimmt und dann dem richtigen Kellner weitergibt. »Du lieber Gott«, hab ich zu ihm gesagt, wie ich die Preise auf der Speisekarte gesehen hab, »ich bin nur hergekommen, um zu essen«, hab ich gesagt, »ich will nicht das Hotel kaufen!«

Und genau dasselbe in der Geschäftswelt.

Ja, was sagen Sie dazu, die Firma, die diese neuen Hektographiermaschinen hat, da sagen mir die Leute, sie können mit den Bestellungen nicht nachkommen und mir nicht sofort liefern. Ach, is ja ganz schön und ganz gut, hab ich ihnen gesagt — Sie können ja meinen Auftrag annehmen und wen andern warten lassen.

Nee Herr, sagen die, das können sie nicht tun. Die haben natürlich bloß meckmeck gemacht, und wie ich ihnen auseinandergesetzt hab, daß sie bei der Klasse und dem Umfang von *meinem* Geschäft bereit sein müßten, n bißchen entgegenzukommen, also da haben die sich benommen wie n Haufen Eiszapfen. Ich werd aber nochmal an die New Yorker Zeitungen nen Brief schreiben und ihnen Bescheid sagen, was n richtiger Mannsamerikaner aus m Mittelwesten von ihrer Stadt hält —

Der Lärm, und der Verkehr is so dicht, daß man überhaupt nirgends hinkommen kann, und die ausverschämten Preise —

Und gar kein häusliches Leben. Alle Leute gehen am Abend aus, in diese Nachtclubs und so. Jetzt nehmen Sie mal zum Beispiel uns, wenn wir bei uns daheim zu Haus sind. Am Abend, wenn ich nicht grade in der Loge bin oder bei irgendeiner

Comitezusammenkunft im Kiwanis, oder wenn nicht vielleicht Delmerine oder Robby im Kintopp sind oder bei ner Gesellschaft oder sonst wo, dann setzen wir uns alle ums Radio rum und haben nen richtigen altmodischen gemütlichen Familienabend. Aber in New York? Nee Herr! Ich schwöre Ihnen, ich weiß nicht, wohin die Nation kommt –

Und zuviel Ausländer – Leute mit allen möglichen komischen Namen – Und die korrumpierte Politik –

Übrigens wissen Sie, da wir grade von Politik reden, will ich mich selber einen Augenblick unterbrechen, wenn ich mir erlauben darf von meiner Geschichte abzuschweifen, und Ihnen erzählen, was ich grade erst vorige Woche beim Kiwanis-Lunch gehört habe. Unser Abgeordneter, und ich kann wohl sagen, daß man ganz allgemein zugibt, sogar in Washington selber, daß er einer der fähigsten Köpfe im ganzen Parlament is, also der ist von einer ausführlichen Studienreise durch ganz Europa zurückgekommen – er war zusammen sechs Wochen in Deutschland, Frankreich und Italien und hat uns seine wohlbegründete Ansicht mitgeteilt, daß alle diese Länder jetzt so wohlhabend sind, daß wir ganz entschieden auf die volle Bezahlung unserer Schulden drängen müssen! Ja, er hat auch erzählt, daß man in den besseren Hotels in diesen Ländern genau so gutes Essen kriegen kann und fast genau so teuer wie in New York selber. Und die klagen darüber, daß sie arm sind!

Aber um auf meine Geschichte zurückzukommen, ich war nicht so begeistert von New York, obwohl wir einen blendenden Abend hatten. Wir haben in der Hotelhalle ein paar Leute von zu Hause getroffen, und da sind wir alle zusammen in ein chinesisches Restaurant gegangen, und dort haben wir uns das beste Hühnerfrikassee zu Gemüte geführt, das ich in meinem ganzen Leben gegessen hab, und dann sind wir in nen Film gegangen, von dem ich wußte, daß er gut is, weil ich ihn nämlich schon in Zenith gesehen hab – Hoot Gibson in nem fabelhaften Wildwestfilm.

Aber Delmerine hat New York gefallen und, du meine Güte, was hat das Mädel gequengelt und gequärgelt und angegeben –

Sie wollte durchaus in so nen Nachtclub gehen. Ich hab ihr erklärt, daß sie sich mit ihrer Mutter den ganzen Tag, während ich arbeiten und mit allen möglichen Firmen reden muß, amüsieren kann, wie sie will – in ne Matinee gehen oder sich die Läden ansehen und ne Kleinigkeit kaufen (obwohl ich ihnen gar nicht zugeredet hab, viel zu kaufen – »Warum denn nicht warten, bis ihr wieder zu Haus seid – die Läden sind dort genau so modern wie hier in New York, soviel ich sehen kann«, hab ich ihnen erklärt). Aber sie hat nicht nachgegeben, und ihre Mutter hat mehr oder weniger auch wollen, na, und da hab ich sie also mal in nen blendenden Nachtclub geführt, den mir einer von den Boys im Hotel empfohlen hat. N gehauter Bengel, die Stadt hat er gekannt wie seine Westentasche.

Na, hab ich mir gedacht, das wird ja n belämmerter Abend werden, aber ich kann nicht leugnen, daß ich mich geirrt hatte. Nicht vielleicht, daß es nicht teuer war, und ich würde ja auch in so n Lokal nicht öfter als ein- oder zweimal im Jahr gehen, aber ich kann Ihnen sagen, das war vielleicht n Lokal!

Zuallererst, da waren wir alle n bißchen enttäuscht. Wir bleiben da vor nem Haus in einer von den fünfziger Straßen stehen, hat ganz gewöhnlich ausgesehen, und alles finster.

»Das kann nicht hier sein«, sag ich zum Chauffeur.

»Doch, hier is schon richtig«, sagt er.

»Wissen Sie das genau?« sag ich.

»Ganz genau, klar«, sagt er. »Ich hab schon ne ganze Menge Leute hierhergefahren. Klingeln Sie nur da an dem Knopf, wo Suterreng steht, dann wird man Sie schon reinlassen«, sagt er.

Na, ich dachte mir, er wird ja wohl sein Geschäft kennen, und so klabustern wir alle, meine Frau und Delmerine und ich, aus der Taxe raus, und ich geh hin und drück auf den Knopf an der Suterrengtür – na ja, Suterreng hats geheißen; in Wirklichkeit wars eigentlich das Erdgeschoß, aber das war eins von den Häusern, wies so viele in New York gibt, oder wenigstens bis vor einiger Zeit gegeben hat, obwohl jetzt recht viele davon niedergerissen werden, um für moderne Häuser Platz zu schaffen – Grausteinhäuser heißen sie, und von der Straße geht man ne Treppenflucht zur Eingangstür hinauf, so daß dieser Suterreng, wie er heißt, wirklich sozusagen unter dieser Treppe ist, und doch praktisch im Erdgeschoß, nur geht man natürlich in so ne Art Kellergang hinein, der vielleicht ein oder zwei Stufen unterm Pflaster liegt, aber auch nicht mehr, wenn ich mich recht erinnere, und dort war so ne Art eiserne Gittertür, aber wie ich schon gesagt habe, s war gar kein Licht dort oder irgend was, was *wir* sehen konnten, und ich hab mir nochmal überlegt, ob der Chauffeur sich nicht vielleicht doch geirrt hat –

Aber ich hab geklingelt, und ziemlich bald, s hat gar nicht lang gedauert, is die Tür aufgegangen, und so n Kerl in einer von den komischen Lord-Großadmiral-Uniformen gekommen, und ich sag zu ihm: »Ist das der Nouvelle Desire –« So hat nämlich das Ding geheißen, was wir gesucht haben – »Ist das der Nouvelle Desire?« hab ich gefragt.

»Allerdings, aber ich habe nicht den Vorzug, Sie von Angesicht zu kennen«, sagt der drauf – wissen Sie, so ne geschwollene Antwort. Na, ich hab n bißchen Meckmeck mit ihm gemacht – ich hab ihm gesagt, daß mein Angesicht gar nicht so schwer zu kennen is, wenn man sichs mal aufmerksam ansieht. Delmerine – sie is direkt hinter mir gestanden, und ich muß sagen, Gott, vielleicht wars auch bloß, weil sie meine Tochter is, aber sie hat so n hellila Kleid angehabt mit glitzernden Füttern und Goldschuhchen, und ich muß Ihnen sagen sie hat genau so elegant ausgesehen wie irgendwer anderer dort an dem Abend, und meine Frau war auch gar nicht so übel für n Mädel aus dem Mittelwesten und –

Aber was ich sagen wollte, Delmerine is ganz nahe bei mir gestanden, und auf einmal flüstert sie mir ins Ohr: »Hör mal, Du solltest keine solchen Witze mit den Dienern machen.«

Aber ich wußte, daß der Kerl in der Uniform gar kein gewöhnlicher Diener war, und ich wollt ihm zeigen, daß ich das Amüsierleben genau so gewohnt bin wie sonst wer (ich hab natürlich meinen Frack angehabt) und –

Na, auf jeden Fall hat er einen rangeholt, den ich für den zweiten Geschäftsführer gehalten hab – war n ganz gut aussehender Kerl im Frack, n bißchen dunkel, n Italiener, glaub ich, aber er hat ganz anständig geredet.

Der hat mir erklärt, daß der Nouvelle Desire n Club is, und daß sie niemanden reinlassen können, der nicht dazugehört,

aber ich hab ihn der Frau und Delmerine vorgestellt und ihm
erklärt, daß wir aus Zenith sind und nur so ungefähr ne Woche
in der Stadt bleiben, und hab ihm meinen Ausweis von der Elk-
Loge gezeigt, und dann hat er sich uns genau angesehen und
gesagt, er könnts vielleicht einrichten – die reguläre Mitglied-
schaft kostet zweihundert Dollars pro Kopf und Jahr, aber
schließlich hat er uns als zeitweilige Mitglieder für die eine Woche gegen nur fünf Dollars pro Nase aufgenommen.

Und so sind wir alle richtig reingekommen und –

Draußen hat man ja gar kein Licht sehen können, aber drinnen, Junge, Junge! Da war alles so elegant eingerichtet, als
wenns der Ballsaal bei Vanderbilts wäre. Das ganze Erdgeschoß wars – das heißt, das Stockwerk über dem Suterreng, ich
glaube, die Küche und alle die Sachen waren im Suterreng –

Und dann war da noch ne komische Sache: der zweite Geschäftsführer – wir sind recht gut miteinander geworden; er hat
mir gesagt, ich soll ihn Nick nennen, und ich wollte, daß er Low
zu mir sagt, aber er hat gemeint, das is gegen die Regel – also
Nick hat mir etwas erzählt, was Sie vielleicht ebenso überraschen wird, wie es mich damals überrascht hat, meine Herren,
er hat mir erzählt, daß sie dort alles nur elektrisch kochen!

Und dann, wie gesagt, war der Ballsaal da. Bis zur Hälfte
hinauf war die Wand ganz aus rotem Sateng oder Seide oder so
was, mit ner ganzen Menge von so Sachen, die moderne Kunst-
dekoration genannt werden, oder wenigstens hat Nick sie so
genannt – so alle möglichen Zickzacksachen und große Blumen, und alles in Gold; und dann waren die Wände darüber
ganz mit Blumen behängt. Ich hab dann gemerkt, daß es künst-
liche Blumen waren, aber sie haben so echt ausgesehen, daß
mans nicht geglaubt haben würde, wenn man sie nicht angefaßt
hätte. Und n paar Tische waren in so ner Art Nischen, die so
hergerichtet waren, daß sie ausgesehen haben wie Weinlauben
und so ne Sachen. Und am Ende von dem Raum waren n paar
riesengroße gelbe Marmorsäulen – ausgesehen hats wie echter
original Marmor, obwohls vielleicht gar keiner war – vor denen
hat das Orchester gespielt – und ich kann Ihnen sagen, die
Jungs in ihrem Orchester, das waren Ihnen vielleicht Jazzba-
bies eins a. Alles Schwarze, aber erstklassig musikalisch

ausgebildet, hat Nick mir später erzählt, und der Kerl, der auf dem Saxophon geblasen hat – ich kann Ihnen bloß sagen, wenn Paul Whiteman[9] nen besseren hat, als der war, dann will ich den bloß mal hören, weiter nichts – Wissen Sie, der hat aus dem ollen Saxophon Töne rausgebracht, wie aus nem Nebelhorn oder aus ner kranken Kuh, also einfach alles, was er wollte.

Also, bevor wir uns richtig niedergesetzt haben – s waren noch nicht viel Leute da – hat Nick mich auf die Seite genommen und mir gesagt, daß sie oben ne richtige tadellose altmodische Bar haben, und er könnts schon so einrichten, daß ich raufgehen und n bißchen ordentlichen Schnaps kriegen könnte. Die Clubregeln, so hat er wenigstens gesagt, die Clubregeln schreiben vor, daß jeder an seinem Tisch Wein konsumiert, und daß zum Fizz natürlich auch nur großartiger erstklassiger Wein verwendet wird, aber, hat er gesagt, dasselbe wie n richtiger Herzstärker is das doch nicht.

Also, um ein Langes kurz zu machen, er is abgeschoben und hats so eingerichtet, daß wir in die Bar hinauf konnten.

Ich wollte, daß Delmerine und ihre Mutter n bißchen Ingwerbier oben trinken, aber scheinbar hatten sie für so ne sanften Getränke keine Meinung, denn Delmerine hat ganz einfach zu schreien angefangen.

»Ich will nen Cocktail haben«, hat sie gesagt, »und Mama will sicher auch einen, wenn sie aufrichtig is. Wer weiß, wann wir wieder mal in nen Nachtclub kommen«, hat sie gesagt. »Und außerdem«, sagt sie, »hast Du mich mal zu Haus nen Schluck von Deinem Cocktail kosten lassen. Und dann denk doch bloß, was meine Freundinnen sagen würden, wenn ich nach Haus komm und ihnen erzähl, daß wir in nen Nachtclub gegangen sind und ich keinen Cocktail gekriegt hab. Ich bin ja kein Kind mehr«, hat sie gesagt.

Also ich hab mich gewehrt und ihr klargemacht, daß ihre Mutter gar keinen will – meine Frau is ne große Anhängerin der Prohibition – aber ihre Mutter hat sich doch, verflucht noch mal, hingestellt und mich im Stich gelassen und gar nicht in die Seite getreten – Bloß so n bißchen gekichert hat sie und

---

[9] Der Ysaye und Toscanini Amerikas.

gesagt, ihr würde einer auch nichts schaden, das eine Mal. Also, um ein Langes kurz zu machen, wir haben jeder nen Cocktail getrunken – Muttchen hat nen Bronx genommen und Delmerine n Brautomobil, wenn ich mich recht erinner, und ich hab mir nen Martini bestellt, und dann hab ich gesagt: »Herr Gott, jetzt muß ich aber nen Manhattan haben. Muß schon fünf Jahre her sein, daß ich nen Manhattan-Cocktail getrunken hab. Na, und ich hab meinen Manhattan auch gekriegt. Und dann hab ich mir n paar Whisky-Sodas eingeflößt, während Muttchen und das Mädel auf der Damentoilette waren, und dann war ich so weit, daß ich gewußt hab, es wird n feiner, großartiger, blendender Abend.

Und ich muß sagen, da kann man von New York denken, was man will, so n Abend is es auch geworden.

Nick hat uns nen hübschen kleinen Tisch fast direkt an der Tanzfläche angewiesen.

Wir haben uns so umgeschaut, und es waren ganz nett aussehende Leute da – sie kamen grade so einer nach dem anderen rein. Delmerine sagte eben: »Ach, wenn wir hier nur jemand kennen würden – ich werd keinen Menschen zum Tanzen haben, außer Dir, Papa«, und ich klärte sie grade auf, daß man mich im Golfclub für nen recht anständigen und guten Tänzer hält, und da – Also wissen Sie, ich hab gemeint, mich laust der Affe! Also tatsächlich, ich hör auf einmal ne bekannte Stimme, und was meinen Sie, wer steht da? Sam Geierstein von der Mammut, Herren- und Damenkleidung, in Zenith – n Mensch, den ich oft im Athletic-Club getroffen hab.

Nun gibts ja ne ganze Menge Leute, die ich lieber seh als Sam. Wenn ich die Wahrheit sagen soll, ganz unter uns, sein Ruf ist nicht grade der allerbeste, und dann habe ich auch n paar sehr, sehr merkwürdige Geschichten darüber gehört, wie er und seine Frau sich in aller Heimlichkeit aufführen. Aber trotzdem – Sie wissen ja, wies is, wenn man von zu Hause weg is – besonders in ner Stadt wie New York, wo so ne ganze Menge kalte Bolzen rumlaufen: über jedes bekannte Gesicht freut man sich.

Na, wir fordern also Sam auf, sich zu uns zu setzen, und wissen Sie, eines muß ich ja zu seinen Gunsten sagen, er hat wirklich darauf bestanden, seinen Teil am Wein zu zahlen und dann selber auch noch welchen aufzufahren. Und tanzen kann er auch. Sein Aussehen hat mir ja nie gefallen – n bißchen zu dunkel und hübsch, und so ne großen schwarzen Augen, wie man sie eigentlich an nem richtigen männlichen Mann nicht gern sieht, aber das muß ich sagen, er hat Delmerine und sogar die Frau tadellos gesteuert. Und ich, wissen Sie, nachdem ich n bißchen Sekt in den Knochen hatte, wissen Sie, ich glaube, ich hätt mir kaum was merken lassen, selbst wenn er Delmerine geküßt hätte –

Nicht daß er so was getan hätte, verstehen Sie; er hat sich benommen wie n vollendeter Gentleman, verstehen Sie; und einmal, wie ich mit Muttchen getanzt hab und so n bißchen ausgerutscht bin und beinahe der Länge nach hingeschlagen wäre – der Fußboden war eigentlich viel zu glatt – ja, da hat Sam mich gepackt und aufgefangen, daß ich nicht hingefallen bin.

Obwohl ich sagen muß, daß es mir gar nicht gefällt, wie er sich immer um unser Haus rumtreibt, seit wir wieder in Zenith sind – er hat irgendwo ne Frau, sie leben bloß getrennt. Delmerine sagt einfach, ich bin verrückt. Sie sagt, sie redet mit Sam nur über Musik – er scheint ne ganze Menge davon zu verstehen. Aber s will mir gar nicht gefallen, daß sie immer so lang ausbleibt am Abend –

Ach, ich bin wohl n alter Dussel. Aber Del is so jung, und sie glaubt, sie weiß alles, aber dabei is sie so unschuldig wie n Baby, aber – Ach, ich bin n richtiges Kamel. Na, auf jeden Fall haben wir an dem Abend allerhand in uns hineingeschüttet – Abend, hat sich was! Ich kann Ihnen sagen, da waren wir mal pikfeine Leute! Ich geh jede Wette ein, daß es drei Uhr war, und wir sind noch nicht in der Klappe gelegen. Ich weiß noch –

War das komisch! Da war Muttchen – das is meine Frau – angeblich ne gute anständige Dame, und ich, n Kirchendiakon, und wir kommen um drei Uhr früh den Broadway lang und singen: »Vor morgen früh gehen wir nicht heim!«

Sie müssen wissen, Sam – frech is der Kerl wie der Deibel – hat n Paar aus Fort Worth, Texas, rangeschleift (die Frau war

Ihnen vielleicht ne Nummer; die war allen den richtigen New Yorkerinnen da überlegen), und irgendwie, ich weiß nicht mehr genau wie, sind wir noch mit nem Paar bekannt geworden, die waren aus San José, Kalifornien, n Herr aus der Obstzuchtbranche mit seiner Frau und seinem Sohn, der hat sich in Delmerine verguckt; und oben in der Bar bin ich mit nem Herrn und ner Dame aus Kansas City, Missouri, ins Gespräch gekommen – oder s kann auch Kansas City, Kansas, gewesen sein. Ich weiß nicht mehr genau, es war schon sehr spät – und wir alle miteinander haben uns aufgeführt, als wären wir schon alte Bekannte, und haben getanzt und gelacht und uns zugeprostet und gesungen und getrunken und überhaupt angegeben – allerhand! Aber wenn ich dran denke, was mich der Spaß gekostet hat, wird mir anders. Aber wie ich meiner Frau gesagt hab, so gehts nun mal in New York.

Aber ich brauche den Herren wohl nichts von New York zu erzählen. Wahrscheinlich kennen Sies besser als ich, und Sie wollen, daß ich Ihnen mein kleines Lied singe und fertig werd und weiter komm nach Washington und zu meinen Erlebnissen im Weißen Haus. Jawoll Herr, je weniger man von New York sagt, desto besser. Geldverrückt, das sind die New Yorker.

Wenn ich andere Dinge opfern wollte, die mehr wert sind, wie unser häusliches Leben und unsere Freundschaften und das Lesen von Literatur, die es wert ist, und ne gute Angeltour in jedem Sommer – Sie können mir glauben, man kann von Kanada sagen, was man will, aber wenn mir einer bessere Stellen zum Angeln zeigen kann, als ich oben in Nord-Michigan hab, nicht mal ne ganze Nachtfahrt von Zenith entfernt, der soll mir die dann bloß zeigen, mehr will ich nicht!

Aber ich bin der Ansicht, man muß selbstverständlich wohlhabend sein, für die Familie und wegen der eigenen Position in der Gemeinde, aber das Geldverdienen kann auch übertrieben werden, und ich sage immer: Erst die Ideale, dann die Dollars, allemal.

Das is also meine Ansicht über New York, und – Und dann haben wir gepackt und sind nach Washington gefahren, und wissen Sie, Delmerine hat ja so getan, als obs ihr ganz egal wäre, aber das Mädel war so aufgeregt bei dem Gedanken, daß sie mit dem Präsidenten reden wird, daß sie im Zug kaum stillsitzen konnte. Na, ich war genau so aufgeregt – ich hatte Cal ja so viele Jahre nicht gesehen. Ich mußte immer denken, vielleicht könnt er uns zum Lunch oder zum Abendessen einladen, aber ich wußte natürlich, daß das unvernünftig war – wo er doch so viele Leute empfangen muß – Diplomaten, Logenfunktionäre und so weiter – aber ich werd wohl ziemlich ebenso aufgeregt gewesen sein.

Ich weiß nicht, ob die Herren Washington gut kennen, aber der neue Bahnhof dort is sehr hübsch und in jeder Hinsicht modern, mit nem großen freien Platz davor – Plaza heißt er, glaub ich; und, was ich gar nicht gewußt hatte, die Kuppel vom Kapitol kann man sehen, wenn man direkt vorm Bahnhof steht. Ich kann Ihnen sagen, das hat nen kolossalen Eindruck auf mich gemacht.

Also Muttchen wollte, daß wir uns zuerst im Hotel n Zimmer nehmen und uns waschen, aber ich hab gesagt: »Nee Herr, erst wollen wir den Präsidenten aufsuchen und hören, was er vor hat; wir werden die Taxe ganz einfach warten lassen, s soll mir nicht drauf ankommen, wenns eineinhalb Dollar kostet, s passiert einem ja nicht oft im Leben, daß man bald bei nem Präsidenten der Vereinigten Staaten sitzen wird!«

Wir klettern also in ne Taxe und fahren ganz aufgeregt los, und plötzlich sage ich zu meiner Frau: »Du, is Dir an der Taxe nichts Besonderes aufgefallen?«

»Wieso, nein«, sagt sie, »ich weiß nicht; mir kommts ganz richtig vor, warum?«

»Mir kommts ganz richtig vor!« sag ich. »Na selbstverständlich! Willst Du mir sagen, daß Dir an der Taxe weiter gar nichts Besonderes auffällt?«

»Wieso, nein«, sagt sie.

»Also, was is das für n Wagen?« sage ich.

Natürlich muß da Delmerine ihre Nase in den Senf stecken. »Das is doch n Studebaker, nicht?« sagt sie.

»So, so, Fräulein Ganzgescheit!« sag ich. »Mein Gott, und Ihr wollt mir was von Fahren erzählen! Das is kein Studebaker, und es is kein Cadillac, nee, und es is auch nicht irgend n Klapperkasten, n Buick is es. Wißt Ihr, was das bedeutet?«

Na, die beiden glotzen mich an – konnten natürlich gar nicht begreifen, worum sichs dreht – na ja echt Weiber, und wenn sie die Klügsten sind.

»Begreift Ihr denn nicht?« sag ich. »Da habt Ihr den Buick, den bestverkauften Sechszylinderwagen der Vereinigten Staaten, wenn nicht der ganzen Welt. Und trotzdem, wie oft seht Ihr ne Buicktaxe? Nicht sehr oft. Habt Ihr schon mal drüber nachgedacht? Jawoll Herr, ne sehr merkwürdige Sache is das, und ich weiß wahrhaftig und tatsächlich nicht, warum das so is. Wenigstens bin ich praktisch davon überzeugt, daß das n Buick is, natürlich mit ner Taxenkarosserie drauf – ich hab das Schild am Kühler nicht gesehen, aber nach dem Aussehen vom Armaturbrett – auf jeden Fall –«

Ich klopf also ans Fenster, und der Chauffeur, wahrscheinlich hat er gedacht, wir sind nichts weiter als gewöhnliche Touristen, die sich die Stadt ansehen wollen, wir sind grade an irgendnem Gebäude vorbeigekommen, und da dreht er kaum den Kopf um und sagt: »Das is das Pensions Building.« (Oder es kann auch das Patent Building gewesen sein – ich hab nicht genau acht gegeben, ich war so durcheinander und aufgeregt, von wegen dem Besuch beim Präsidenten, und ich kann mich an diese Einzelheit wirklich nicht mehr erinnern.)

»Nein«, ruf ich raus, »ich will was andres wissen: Is das ne Buicktaxe?«

»Ja«, sagte er.

»Also!« sag ich zu den Weibern. »Was hab ich Euch gesagt?« Klar!

Also, wir sind zum Weißen Haus gekommen und –

Ja, sogar die Herren von Ihnen, die in Washington gewesen sind und das Weiße Haus gesehen haben, werden vielleicht nicht wissen, daß die Büros und auch das Privatbüro des Präsidenten in Flügeln untergebracht sind, die von beiden Seiten des alten Hauptgebäudes ausgehen. Die Flügel sind neu, nehm ich an, und so niedrig, daß man sie, wenn man auf der Straße vor ihnen steht, kaum sieht – man weiß kaum, daß es sie gibt, wenn man nicht wie ich den Vorzug hat, sie betreten zu können.

Wir sind also die Avenue zu dem berühmten alten Platz lang gekommen –

Ich sage Ihnen, es war schon erhebend, an die berühmten Männer zu denken, die in diesem Gebäude gewohnt haben. Grant und McKinley und Hardy und Garneid und alle! Ja, wie ich bei meiner Rede über diese Reise im Kiwanis-Club gesagt habe, das ist ein erhebender Gedanke. Denn was ist schließlich erhebender als die Lebensläufte unserer Helden –

Dabei fällt mir ein, daß ich erst vor kurzem – ja, richtig, es is bloß n paar Abende her, da waren n Nachbar und ich n bißchen zusammen, und da fragt er mich: »Lowell, was meinen Sie, wer waren seit 1900 die größten Helden und Genies der Vereinigten Staaten?«

Na, so ne Frage bringt einen wirklich zum Nachdenken, und da haben wir beide, er und ich, angefangen, uns Listen zu machen, und zufällig hab ich meine tatsächlich bei mir in der Tasche, und hier können Sie hören, welche führenden Geister ich dabei rausgebracht habe:

Coolidge, Harding, Wilson (obwohl ich Republikaner bin), Ford, Lindbergh, Billy Sunday[10], Pershing, Roosevelt, John Roach Straton[11], Richter Gary und –

Ja, und hier hab ich n paar Namen, die die Herren vielleicht überraschen werden, vielleicht haben Sie die Sache nie so angesehen. Ich bin der Meinung, daß das, was man vielleicht die Künste nennen könnte, vertreten sein muß, und so habe ich Anne Nichols reingenommen – wissen Sie, die Verfasserin von nem Stück wie »Dreimal Hochzeit«, das fünf Jahre laufen kann, kann meiner Ansicht nach – vielleicht is es überspannt und unpraktisch, die Sache so anzusehen, aber meiner Meinung nach kann man sie mit jedem Industriemagnaten vergleichen, und außerdem soll sie genau so viel Geld verdient haben wie Jack Dempsey.[12]

---

[10] Der protestantische Papst.
[11] Wer diese Persönlichkeit war, konnte der Herausgeber nicht feststellen.
[12] Ein berühmter Schauspieler.

Und hier habe ich einen Namen, der Sie noch mehr überraschen wird. Samuel Gompers!

Ja, ich wußte ja, daß Sie das überraschen wird; daß ich einen Mann da hereinnehme, von dem viele Leute glauben, daß er sich nur für Gewerkschaftswesen und Arbeiterunruhen eingesetzt hat. Aber dieser Gompers – jemand, der Professor von irgend was is, hat uns das erst vor kurzem im Kiwanis-Club erklärt – der Gompers war immer direkt *gegen* Arbeiterunruhen. Er hat gelehrt, daß die arbeitenden Menschen ihr Recht haben müßten, und das wird wohl auch wahr sein; aber so wie er die Dinge angesehen hat, wollte er, daß Arbeitnehmer und Arbeitgeber und die ganze große Öffentlichkeit sich die Hände reichen, in einer großen Brüderschaft zum Ruhm der Vereinigten Staaten und zur Erstreckung unserer Märkte in Länder, die jetzt auf ganz gemeine Weise von England und Deutschland monopolisiert werden. Jawoll Herr!

Also, wie gesagt, wir sind zum Weißen Haus gefahren –

Ich hatte dem Chauffeur gesagt, er soll direkt beim Haupteingang vorfahren, genau so, wie ich erwarten würde, daß Cal Coolidge direkt zu *meinem* Haupteingang kommt, wenn er nach Zenith zu mir auf Besuch käme. Ich wußte eben damals noch nichts von der Einteilung im Weißen Haus.

Aber da war so ne Art Polizist am Tor, und der sagte: »Was wünschen Sie, bitte?«

»Was ich wünsche, Wachtmeister?« sagte ich. »Was ich *wünsche*? Also, ich wünsche bloß dem Präsidenten einen Besuch zu machen!« sag ich. »Ich bin ein alter Freund von ihm, nichts weiter!« sag ich.

Also, ich erkläre, und er erzählt mir, daß man rumgehen muß zum Büroeingang, und da sag ich ihm, is recht; ich wäre der Letzte, sag ich zu ihm, ich als Freund des Präsidenten, vernünftige Vorschriften zu mißachten.

Also, um ein Langes kurz zu machen, schließlich waren wir da, in einem von den Wartezimmern, die zu den eigenen Büros des Präsidenten gehören, und ein Herr kam herein – fein hat er ausgesehen, ganz angezogen wie am Sonntag vormittag, Cutaway mit gestreiften Hosen, der war wohl eigentlich der erste Hauptsekretär des Präsidenten, und ich hab ihm meine Frau und Delmerine vorgestellt und ihm alles erklärt, vom Präsidenten und mir, daß wir Jahrgangskollegen waren und so.

»Ich weiß, daß der Präsident sehr viel zu tun hat, aber ich möchte den alten Jungen gern mal sehen«, sag ich zu ihm, »und möcht natürlich auch ganz gern, daß meine Frau und meine Tochter ihm die Hand drücken.«

Na Herrschaften, der hat alles begriffen.

Sofort is er reingegangen und hat mit dem Präsidenten gesprochen – hat mich nicht eine Minute warten lassen, nee Herr, kaum eine Minute.

Na und dann is er zurückgekommen und hat gesagt, es täte dem Präsidenten schrecklich leid, daß er uns nicht sofort in der Sekunde empfangen kann, er war mit ner wichtigen internationalen Konferenz beschäftigt über – ich glaube wegen Genf, hat er gesagt – und ich möchte warten. Der Sekretär war auch kolossal nett; er hat uns nicht dort sitzen lassen wie Holzklötze; er hat sich zu uns gesetzt und mit uns unterhalten, und so hatte ich Gelegenheit, richtige Informationen über sehr viele von den Ansichten und Absichten des Präsidenten zu bekommen. Aber ich muß Sie bitten, meine Herren, daß davon nichts in die Zeitungen kommt.

Ich hab den Sekretär gefragt, Mr. Jones hat er geheißen – ich hab zu ihm gesagt: »Was hält der Präsident von der Entwaffnung, Mr. Jones?«

»Ja, der Zufall will es«, hat er gesagt, »daß ich Ihnen die eigenen Worte des Präsidenten darüber wiederholen kann. Ich war dabei, wie er mit dem Staatssekretär gesprochen hat«, sagt er – wissen Sie, das hat mir vielleicht Spaß gemacht, so dazusitzen, als wärs in einer Konferenz zwischen dem Präsidenten und dem Staatssekretär! Na ja: »Ich war dabei, wie er mit dem Sekretär gesprochen hat«, erzählt mir Mr. Jones, »und er hat gesagt: ›Offen gesagt, große Schiffe kosten ne Menge Geld, und ich bin der Ansicht, daß es eine Ersparnis wäre, wenn wir die einzelnen Nationen dazu bringen könnten, weniger zu bauen.‹«

»Ja, ja, freut mich außerordentlich, das zu hören, Mr. Jones«, hab ich gesagt, »das bestätigt nur meine eigenen Ansichten über die Entwaffnung. Hören Sie, sagen Sie mal«, hab ich dann gefragt, »wie lebt der Präsident so in seinem Privatleben? Was ißt er zum Frühstück?«

Na, Mr. Jones hat mir auseinandergesetzt, daß der Präsident ein ganz einfaches Frühstück ißt, so wie wir alle – bloß n bißchen Kaffee und Toast und Eier und Porridge und so weiter. Ich war kolossal stolz und froh zu hören, daß Cal von seinem ganzen Ruhm unverdorben geblieben und noch immer genau so einfach und grade is wie früher, wie wir noch Kollegen waren.

»Was hält der Präsident von der Lage in China?« fragte ich Mr. Jones.

»Ja, ich glaube, ich kann, ohne das Siegel eines Geheimnisses zu lüften, sagen, daß der Präsident im Gegensatz zur Ansicht gewisser Senatoren der Meinung ist, daß die Lage in China ernst und in der Tat nahezu kritisch ist, und daß – aber das darf auf keinen Fall in die Öffentlichkeit dringen«, sagte mir Mr. Jones, »er ist ganz entschieden der Meinung, obwohl die Rechte und das Eigentum der Großmächte sichergestellt werden müssen, müssen wir in Geduld und Billigkeit auch an die Rechte der Chinesen selbst denken.«

»Ja, es ist entschieden von Interesse für mich, das zu hören«, sagte ich zu ihm. »Das steht ganz außer Frage. Genau so denke ich selbst.«

Sie sehen, ich hatte sozusagen eine ganz besondere Gelegenheit, ganz offiziell über die chinesische Lage und den bolschewistischen Einfluß dort informiert zu werden. Übrigens hab ich einen Missionar, der erst vor kurzem von dem Herd der Unruhen aus China zurückgekommen is, bei einem Freitagabendsouper in unserer Kirche sprechen gehört – Pilger-Kongregationalistenkirche von Zenith – Dr. G. Prosper Edwards heißt der Pastor, n sehr berühmter Kanzelredner, wahrscheinlich haben Sie ihn schon im Radio gehört, er kommt jeden zweiten Sonntag um elf fünfzehn auf Welle WWWL, n ausgezeichneter Redner und auch n fabelhafter Gelehrter, aber sehr liberal. Wie er immer sagt, er is mehr als bereit, mit jeder christlichen Gemeinschaft zusammen zu arbeiten, da können die Unterschiede in der Theologie noch so groß sein, vorausgesetzt, daß sie bloß auf dem Boden der fundamentalen und unbestreitbaren Elemente des Christentums stehen, nämlich der jungfräulichen Geburt und der bewiesenen Tatsache des Lebens nach dem Tod.

Bei der Gelegenheit kann ich Ihnen ja auch sagen, was ich über Religion denke. Ich selber bin Kongregationalist, und das durchaus nicht nur, weil ich zufällig als solcher geboren bin, wie mir einer von diesen ganz gescheiten Ungläubigen mal hat beweisen wollen, sondern ganz einfach wegen meiner tiefen Verehrung für die großen Führer unserer Kirche wie Jonathan Edwards und Roger Baldwin – nee, warten Sie mal, halt, das war doch n Baptist, nicht, der mit Rhode Island?

Na is ja ganz egal; heute is es genau so: Leute wie Newell Dwight Hillis und S. Parkes Cadman[13], die im Krieg ebensoviel zum Sieg im Kampf um die weltumspannende Demokratie beigetragen haben wie jeder Soldat, dadurch, daß sie die geheimen Pläne Deutschlands zur Weltherrschaft aufgedeckt haben – und die Zeitungsartikel, die Dr. Cadman schreibt; ich kann Ihnen sagen, der weiß einfach alles und kann Ihnen alles erklären, obs nun ne unheilbare Krankheit is oder wer Shakespeare geschrieben hat – jawoll Herr, n richtiger großer typischer amerikanischer Führer.

Aber trotzdem, meiner Meinung nach, die anderen Kirchen – die Methodisten und Baptisten und Presbyterianer und Campbelliten – alle arbeiten ja zusammen, um ein größeres und reineres Amerika zu schaffen.

Unsere Generation hat ja wohl noch immer ne ganze Menge Sündhaftes in sich. Ich, das will ich gar nicht leugnen, ich rauche und trink manchmal n Schluck – aber ich besauf mich nie; wenn mir was ekelhaft ist, dann is es n Mann, der seinen Alkohol nicht vertragen kann – und ich mach gern ne hübsche Spazierfahrt am Sonntag, und manchmal fluch ich so n bißchen, und hübsche Beine guck ich mir immer gern an, darüber bin ich auch jetzt noch nicht hinaus. Aber ich bin fest überzeugt – vielleicht haben die Herren die Sache noch nie von der Seite angesehen – wenn wir nur die Kirchen unterstützen und den Predigern Möglichkeiten geben, dann wird eine

---

[13] Der protestantische Erasmus, doch umfassender gebildet und dogmatischer.

Generation kommen, die so ne Sachen nicht einmal *wollen* wird, und dann wird Amerika an der Spitze der Welt stehen als eine Nation, wies noch nie eine gegeben hat, jawoll Herr, und es is mir ne kolossale Freude, mit Methodisten zusammen zu arbeiten oder mit –

Aber wissen Sie, von der Christian Science und von den Sabbath-Adventisten und von den ganzen anderen, da halt ich nicht so viel. Die treibens zu weit, und ich bin gegen jede Übertreibung; und was die Katholiken angeht – hoffentlich is keiner von den Herren Katholik, dann würd ich nicht näher drauf eingehen, aber ich war immer der Überzeugung, daß die Katholiken zu tolerant sind gegen Trinken und Rauchen, und deshalb sind sie auch kaum richtige echte typische Amerikaner, könnt man sagen.

Und Religion so im allgemeinen, s soll ja heute ne ganze Menge von Obergescheiten geben, die die Wahrheit des Christentums in Frage stellen. Ich bin ja vielleicht kein Theologe, aber ich möcht mal bloß einen von den Kerlen sprechen, und glauben Sie mir, ich würd ihm schon den Kopf zurechtsetzen.

»Sehen Sie mal«, würd ich ihm sagen: »erstens mal is es doch klar, nicht wahr, daß Leute, die ganz speziell in Theologie ausgebildet sind, wie die Prediger, mehr wissen als wir Laien, oder nicht? Und dann zweitens, wenn die christliche Religion zweitausend Jahre bestanden hat und heute stärker is als je – denken Sie doch bloß zum Beispiel an die Wolkenkratzerkirche, die jetzt in New York gebaut wird – is es dann wahrscheinlich, daß ne kleine Handvoll von Euch Klugscheißern was dran ändern kann?«

Ich glaube, daran haben die Leute noch nie gedacht. Das Dumme mit so nen Leuten wie Atheisten ist, daß man sie ganz einfach nicht dazu bringen kann, mal nachzudenken und ihren Verstand zu gebrauchen!

Und was haben sie, was sie an die *Stelle* der Religion setzen können? Wissen Sie, was mit den Leuten ist? *Sie sind zerstörend, und nicht aufbauend!*

Aber wie gesagt, unsere Kirche hat jeden Freitagabend n Souper vor der Gebetsandacht, und wissen Sie, die Damen von der Kirche, die servieren Ihnen ein tadelloses erstklassiges

Essen, und kostet nur vierzig Cents – Hamburger Steak mit spanischer Sauce, oder Sahnenbraten, oder Corned Beef mit Kohl, und manchmal Eiscreme zum Dessert, alles eins a. Und gewöhnlich haben sie dort einen Sprecher, und an dem Abend, von dem ich spreche, war der Sprecher, der über China gesprochen hat, Missionar, und der hat uns genaue Aufschlüsse über China gegeben und uns erzählt, daß es einfach teuflisch war, wie die Chinesen sich aufführen, und weder ihre Handelsverträge einhalten – und *das* war vielleicht n verdammter Blödsinn, weil sie doch da die Möglichkeit hatten, mit Amerika und England in Berührung zu kommen und zivilisiert zu werden und mit der Götzenverehrung Schluß zu machen – aber er hat einen echten christlichen Geist gezeigt. Er hat gesagt, obwohl die Chinesen ihn eigentlich hinausgeschmissen haben, glaubt er, daß man ihnen nochmal ne Möglichkeit, ihr eigenes Land zu regieren, geben soll.

Ja also, das war doch sehr anständig, und es hat mich wirklich interessiert, zu erfahren, daß der Präsident diesen Standpunkt teilt, und dann hab ich Mr. Jones gefragt –

»Mr. Jones«, hab ich gesagt, »wie stehts in Wirklichkeit mit dem Angeln des Präsidenten? Ist er ein guter Angler?« hab ich gefragt.

»Einer der besten. Sein Fang ist, im Vergleich zu den anderen, immer verhältnismäßig gut, wenn er sich darauf konzentriert, aber Sie müssen bedenken, daß ihn ständig die Sorgen um den Staat niederdrücken«, hat mir Mr. Jones gesagt.

»Ja, das kann ich verstehen«, hab ich ihm gesagt, »und ich für meine Person finde, es is eine Schande, daß n paar Zeitungen nichts Besseres zu schreiben wissen, als sich über ihn lustig zu machen. Hören Sie, noch etwas«, hab ich ihn gefragt, »gehört der Präsident zu einem Service-Club – Rotary oder Kiwanis oder so?«

»Nein, in seiner Stellung«, hat mir Mr. Jones erklärt, »in seiner Stellung dürfte er nicht einen einzelnen davon bevorzugen, aber ich glaube, ich verrate kein Geheimnis, wenn ich sage, daß der Präsident die größte Bewunderung für die großartigen Leistungen und Ideale aller dieser Organisationen hegt.«

Na, ich hab mich kolossal gefreut, das zu hören, und ich glaube, die Herren werden sich auch freuen, ob Sie nun Mitglieder sind oder nicht. Denn schließlich, welche Organisationen tun heute mehr Gutes und schaffen mehr wirkliche Zufriedenheit als die Service-Clubs, alle durch die Bank, obwohl ich persönlich Kiwanianer bin und der Ansicht sein muß, daß unsere Organisation wohl den anderen voraus is – wir sind nicht so verdammt »feun« wie die Rotarianer und doch nicht so gewöhnlich, möcht man sagen, wie die Civitaner und die Löwen und – jawoll Herr!

Denken Sie bloß an, was diese Clubs schaffen. Sie geben den verantwortungsvollsten und fortschrittlichsten Männern der Stadt Gelegenheit, einmal in der Woche zusammenzukommen und sich nicht nur fabelhaft zu amüsieren, die ganze Würde unserer Stellungen wird an der Tür abgelegt, und wir rufen uns bei den Vornamen – Bedenken Sie, was das bedeutet! Sagen wir mal, da is so n großmächtiger Richter; in dieser Zeit sag ich »Pete« zu ihm und klopf ihm auf den Rücken und zieh ihn mit seiner Familie durchn Kakao, und es is ja klar, daß jeder Mensch sich freut, wenn er Gelegenheit hat, sich gehen zu lassen.

Und dann das Gute, was wir tun! Also wissen Sie, erst im letzten Jahr haben unsere Zenither Kiwanianer nicht weniger als hundertdreiundsechzig Straßentafeln im Umkreis von vierzig Meilen um Zenith aufgestellt, und den Kindern aus nem Waisenhaus haben wir ne blendende Autofahrt mit freier Verköstigung gestiftet. Und glauben Sie mir, das war eine feine Reklame für die Kiwanianer, weil wir nämlich die Kinder auf Lastwagen verladen haben, und auf jedem Wagen war groß in roten Buchstaben aufgemalt: Kostenlose Spazierfahrt für die unglücklichen Kinderchen, kostenlos gestiftet vom Zenither Kiwanis-Club.

Ganz zu geschweigen von den feinen Sprechern, die wir jede Woche haben – den Bürgermeister und Krebsspezialisten und Schriftsteller und Operettenkünstler und alle möglichen Leute. Und diese Affenköpfe erlauben sich dann noch –

Aber davon abgesehen, s hat mir ne kolossale Freude gemacht, zu hören, daß der Präsident so spricht, und seine richtigen eigenen Ansichten zu erfahren, und dann hab ich Mr. Jones noch gefragt: »Was, äh – was denkt der Präsident über das Steuerwesen, wenn es erlaubt ist, das zu fragen?«

Die Herren wird es natürlich sehr interessieren, zu erfahren, was mir Mr. Jones gesagt hat, denn das is selbstverständlich eine der wichtigsten Angelegenheiten des Tages, und Jones hat, ohne zu zögern, frei von der Leber weg geredet:

»Ich weiß positiv«, hat er mir gesagt, »daß der Präsident der Ansicht ist, daß die Steuerlasten so gleichmäßig verteilt werden sollten, daß sie den Armen und Unglücklichen keine unbillige Last auferlegen, daß sie aber trotzdem gleichzeitig in keinem Sinn die ehrlichen Geschäftsinteressen schädigen oder den notwendigen Verlauf und Ausdehnungsprozeß des Handels behindern dürfen.«

Und da behaupten so n paar dahergelaufene Kaffern noch, daß der Präsident kein tiefer Denker is.

Und dann – Delmerine is bei der Aussicht, mit dem Präsidenten zu reden, die ganze Zeit auf Nadeln und Kohle gesessen; sie hat kaum still bleiben können auf ihrem Stuhl. Mr. Jones war kolossal nett zu ihr, und ich war sehr stolz darauf, wie ordentlich eines von unseren einfachen Mädels einem Mann in seiner öffentlichen Stellung antworten konnte.

»Sie sind also aus Zenith«, fragte er sie. »Gefällts Ihnen dort?«

»Na klar«, sagt sie. »Meiner Ansicht nach is Zenith einfach die netteste Stadt von Amerika. Natürlich würd ich lieber in New York leben, aber wissen Sie, daß wir das beste Parksystem in den Vereinigten Staaten haben?«

»Was Sie nicht sagen!« sagt er. »Nein, das hab ich nicht gewußt. Und wahrscheinlich tanzen Sie gern Charleston«, sagt er. »Oder sind Sie für den Black Bottom? Tanzen Sie den gern?«

»Und ob!« sagt sie. »Junge, Junge! Ich würds Ihnen zeigen, aber ich glaube, das is kaum der Platz dafür.«

»Nein, ich fürchte, das ist nicht der Platz dafür«, sagt er, und wir platzen alle vier auf einmal raus und fangen an zu lachen – so ne komische Idee – im Büro des Präsidenten Charleston tanzen!

Ich wollte Mr. Jones grade fragen, wie der Präsident über den Sozialismus denkt, aber da is n Botenjunge reingekommen und hat ihn rausgeholt, und dann is er n paar Minuten weggeblieben, s kann nicht mehr gewesen sein, und dann is er zurückgekommen, und ich kann Ihnen sagen, er hat wirklich traurig ausgesehen.

»Ich habe schreckliche Nachrichten für Sie«, sagte er mir. »Der Präsident wollte Sie eben empfangen, aber der englische Gesandte ist mit wichtigen Amtsangelegenheiten gekommen, die einige Stunden in Anspruch nehmen werden, und dann muß er eiligst hinaus zur Mayflower – das ist seine Yacht – und wird ungefähr vier, fünf Tage wegbleiben, es handelt sich um eine wichtige Geheimkonferenz. Aber er hat mich extra hergeschickt, um Ihnen zu sagen, daß er todtraurig ist, weil er Sie nicht sehen kann, und er hofft, Sie werden bei ihm vorbeikommen, wenn Sie das nächste Mal in Washington sind.«

Sie können also sehen, meine Herren, daß es keinem Zufall, sondern wirklichem Denken und kollegialem Empfinden zu verdanken is, daß Präsident Coolidge – ja, oder irgendein anderer unserer letzten Präsidenten – seine Stellung innehat, und hoffentlich hab ich Sie nicht gelangweilt, und jetzt will ich mal meine Klappe zumachen und jemand anderen reden lassen und –

Aber nur über den Sozialismus möcht ich noch einen Augenblick reden. Ich bin gern bereit, jedem Menschen anständig und gerecht entgegenzukommen, aber wenn verlangt wird, daß n Haufen von Nichtstuern unterstützt wird, dann bin ich der Ansicht, die aufbauenden, praktischen Leute, wie wir, die das Land beherrschen, sollten, man könnt sagen –

Zweiter Teil.
Die Geschichte von Mack McMack

– Natürlich, die kleben ja, die Karten, und außerdem möcht ich jede Wette eingehen, daß Billy Dodd hier, gleich wie er damit fertig war, mir das miserabelste Sortiment von Büroartikeln anzudrehen, das Sie sich denken können, jede Wette will ich eingehen, daß er sich hier reingeschlichen und das ganze verdammte Paket markiert hat. Genau, was man von nem Menschen aus Chicago erwarten kann! Wir wollen also n neues Paket besorgen und unsere wissenschaftlichen Untersuchungen über Poker fortsetzen und –

Aber hören Sie, da wir grade von Chicago hier reden, war das vielleicht ne miserable Reise, die ich heute nacht von Zenith hierher gehabt hab. Also, das is doch ne komische Sache mit mir: die erste Nacht in nem Schlafwagen kann ich fast überhaupt nicht schlafen.

Und trotzdem, damals wie Mrs. Schmaltz und ich voriges Jahr direkt durchgefahren sind bis nach Kalifornien, also auf so ner großen langen Tour, obwohl ich in der *ersten* Nacht gar nicht besonders gut schlafen konnte – ich hab mich bloß immer und immer wieder rumgewälzt, und so oft der Zug gehalten hat, bin ich mit nem Ruck aus dem Schlaf aufgefahren –

Ich weiß ja, daß Sie alle bloß weiter spielen und gar nichts von Kalifornien hören wollen. Ich weiß Bescheid. Also manchmal, so im trauten Familienkreise, wenn wir diese kleinen rührenden Gespräche haben, die von so großem Wert sind für die Charakterbildung der Kinder – denn, wie sagt die Bibel: »Was ein Häkchen werden will, krümmt sich beizeiten« – während ich vielleicht Robby und Delmerine, meinen Kindern, erzähl, daß es nur auf geistige und kulturelle Dinge ankommt, die ganze Zeit, während ich denen predige, möcht ich selber ja am liebsten türmen und nen kleinen Poker machen. Sie sehen also, mir is es ganz einfach ekelhaft, wenn einer das Spiel mit seinem Gequatsch unterbricht. Aber ich wollte nur einen Moment was von Kalifornien sagen.

Und das is Ihnen vielleicht ein Staat! Is das ein Staat!

Also ich bin ja kolossal stolz auf meinen eigenen Staat, Winnemac. S is Tatsache und statistisch bewiesen, daß wir gleich nach Michigan, Illinois, Ohio, Wisconsin, und vielleicht New York und New Jersey, die größte Automobilproduktion in den Vereinigten Staaten haben. Und die Zenither Hochschule hat das größte und schönste Hochschulgebäude, was es in Städten von der gleichen Größe im Land gibt, und außerdem darf infolge einer neuen und sehr gescheiten Verordnung des Erziehungsausschusses kein Lehrer bei uns in den Schulen unterrichten, wenn er – oder sie, was ja auch möglich is – nicht beweist, daß er bei der letzten Wahl entweder republikanisch oder demokratisch gestimmt hat, und dadurch haben wir einen außergewöhnlich großen Prozentsatz von wirklich soliden und verläßlichen Menschen unter den Profs in der Schule, und nicht so n Haufen von verrückten Intelligenzlern. Und natürlich gibts auch noch andere Staaten –

Ich kann mir sehr gut vorstellen, daß New York stolz is auf seine großen Städte, die soviel elektrotechnische Erzeugnisse produzieren, wie zum Beispiel so wichtige Errungenschaften der Zivilisation wie elektrische Plätteisen, und ich kann mir vorstellen, daß Georgia stolz darauf is, daß es sich aus nem faulen Pflanzerstaat, in dem die Leute bloß rumgeritten sind, in ein modernes Industriezentrum verwandelt hat, das genau so große Fabriken und genau soviel Maschinen hat wie Massachusetts.

Und dann das alte Massachusetts selber – was is das für ein Staat! Richtig modern, und doch zeigen sie, daß sie Achtung haben vor den Grundsätzen der Begründer des Landes, indem sie entschlossen alle Bücher verbieten, die sich mit der Prostitution und ehelichem Unglück beschäftigen, und mit den ganzen anderen Sachen, von denen wir erwachsenen Männer wissen, daß es sie gibt, aber warum soll man das Unglück der Welt vergrößern, indem man davon redet –

Aber ich will sagen: es gibt ne ganze Menge erstklassige Staaten in der Union, aber gibt es einen darunter, der Natur und Landschaftsschönheiten besser mit einem hochgradig behaglichen Leben vereinen kann als Kalifornien?

Ich hab ziemlich viel über die Geschichte von Kalifornien gelesen – ich hab einen Artikel im *Literary Digest*, in dem alle wichtigen Daten genannt waren, ganz durchgelesen, und meine Ansicht über die Geschichte des Staates ist:

Natürlich hat Kalifornien immer ne Menge hohe Berge gehabt, die, was ja gar nicht gesagt zu werden braucht, schon da waren, lange bevor der Mensch in die pfadlosen Wildnisse gekommen is, und ebenso das Meer natürlich, aber trotzdem, in den alten Zeiten, sogar noch nachdem weiße und zivilisierte Menschen den Staat kolonisiert haben, war niemand da, der Reklame für alles das gemacht hat – der es, könnt man sagen, mit dem Rest unseres amerikanischen Lebens verknüpft hat.

Ich denk mir die Sache so: in den früheren und vergangenen Zeiten war der ganze Staat bloß voller fauler Pflanzer, die zum Teil von den Spaniern abstammten, was natürlich heißt, daß *die* von Anfang an nicht in Frage kommen. Und wenn man seine Phantasie noch so anstrengt, die Spanier kann man nicht für aufbauende Mitarbeiter an der Amerikanisierung halten. Und dann hats in der Gegend von San Francisco viele so ne Künstler und Maler und so was gegeben, und Schriftsteller, und die sind nur rumgesessen und haben nichts Aufbauendes geleistet, könnt man sagen, sie sind nur rumgesessen und haben ne Menge Wein gesoffen und gequatscht und viel geredet – viele so ne Leute wie Jack London und Frank Norris und Bret Harte und Upton Sinclair und Eugene Debs – nee, Eugene Field, glaub ich, hat er geheißen.

Aber abgesehen von der Landschaft allein, was hat Kalifornien damals *gehabt*? Was hat es *gehabt*?

Da war dieses große Reich, das –

Ich erinner mich, in dem großartigen Buch von Reverend Dr. Sieffer hab ich gelesen – und wissen Sie, das is mal n Buch, das ich Ihnen empfehlen möchte. Es is ja ganz schön und ganz gut, n Haufen Romane zu lesen, und ich hab ja wohl auch allerhand für ne flotte gute Geschichte übrig, sagen wir mal so was wie n Wildwestroman, wo der Held den andern Kerl dran verhindert, daß er mit den Herden von seinem Chef durchbrennt; aber wenn man seinen Geist veredeln will – und was is schließlich charakteristischer für das amerikanische Leben als die Veredelung des Geistes? – und wenn man seinen Geist veredeln will, dann braucht man nichts anderes als richtig aufbauende und historische Sachen.

Und der Reverend Sieffer – mir fällt bloß nicht mehr ein, wie sein Buch geheißen hat, und es is ja auch wahr, so viel wie ich mit allen meinen Geschäftsinteressen beschäftigt bin, kann ich kaum Zeit finden, um mich niederzusetzen und meinen Geist zu veredeln, wie ich möchte, aber s war n Buch über die Zwecke Gottes, wie sie in der Geschichte Amerikas an den Tag treten.

Und das Bild, das er entworfen hat von dem Kalifornien in der Zeit, bevor es mit den Hauptströmen des amerikanischen Geschicks vereinigt war – ich kann Ihnen sagen, das bringt einen wirklich zum Nachdenken.

Da war dieses große Land. Da waren diese riesenhaften Berge – also, ich will ja nicht verstiegen und poetisch werden, aber wie ich in meiner kleinen Ansprache, die ich nach meiner Rückkunft von Kalifornien im Kiwanis-Club gehalten habe, sagte, da waren diese riesenhaften Berge mit den schneegekrönten Spitzen, die das ewige Blau des ungeheuren westlichen Himmels küßten. Und da waren, wie der Reverend Sieffer in seinem Buch erzählt, diese großartigen Canyons, die ihre schweigenden, aber fichtenbewachsenen Tiefen zu den höheren und unbekannten Wasserscheiden emporstreckten. Und da waren ungeheure Ebenen, die auf den glücklichen Pflug des zivilisierten Menschen warteten, damals aber von nichts anderem erfüllt waren als dem Heulen des Coyoten. Und da war diese große, riesig lange Seeküste, an die die Wellen des blauen Stillen Ozeans schlugen, aber ohne jede Heimstättenbewegung, ja sogar ohne einen Punkt, wo man sie für die Zukunft und den Gebrauch zivilisierter Menschen vorbereiten hätte können.

Und was is dann geschehen? Was is geschehen?

Wissen Sie, was in Kalifornien geschehen is, und noch dazu in ganz wenigen Jahren, wohlgemerkt, das is für mich eines der Wunder, die dem *denkenden* Menschen die Vorsehung und die Güte Gottes beweisen, der immer die Geschicke des amerikanischen Volkes gelenkt hat.

Irgendwer – und wissen Sie, es is ne Affenschande, aber ich glaube, sein Name wird der Geschichte nie bekannt werden – irgendwer in Iowa (oder s kann auch Minnesota gewesen sein oder Wisconsin oder Illinois oder auch Missouri, ja, oder übrigens, er kann auch aus Kansas gewesen sein) – na, auf jeden Fall hat er gemerkt, daß die große Bevölkerung des Mittelwestens, wenn sie mit ihren Bemühungen um den Getreidebau fertig is und mit diesen anderen ebenso wertvollen und aufbauenden Arbeiten, nämlich dem Verkauf von Ackergerät an die Farmer, die schließlich, Sie können sagen, was Sie wollen, das große Rückgrat und die Stärke unserer Nation sind, er is also drauf gekommen, daß es für diese Herren das richtige wäre, sich an die liebliche, und man könnt sagen, idyllische kalifornische Küste zurückzuziehen und dort in ihrem betagten Alter die Früchte eines Lebens harter und beschwerlicher Arbeit zu genießen.

Und was is dann geschehen? Was is geschehen?

Überall in diesem kahlen Land begannen liebliche kleine Häuschen emporzusprießen. Wo früher nichts, aber auch gar nichts gewesen war als Meeresstrand und Bergtäler, dort sproßten, fast über Nacht, könnt man sagen, eine ganze Unmenge von blendenden kleinen Häuschen auf, und wo man früher, wie der Reverend Sieffer sagt, nicht einen lausigen Ton hören konnte als das trotzige Brüllen der Brandung am Strand, da konnte man bald Grammophone spielen hören, Radios, die auf Chicago eingestellt waren, nette lustige normale junge Leute tanzten zu den Klängen der Jazzmusik, und Fords und Automobile machten sich vernehmbar, in denen die Leute zu einem netten Picknick in irgendeinem Canyon aufbrachen.

Ja, lassen Sie sich das von jemand sagen, der Reisen gemacht hat! Ich habs gesehen und ich weiß Bescheid! Ich hab schöne Stellen in Kalifornien gesehen, wo noch vor zwanzig Jahren kaum ein menschliches Wesen zu erblicken war – irgendein interessanter Punkt, der mit heiliger Ruhe zwischen den ewigen Bergen erfüllt war; und jetzt können Sie dort, besonders an Sonntagen, nicht weniger als einige hundert Automobile aufgefahren sehen, und alle Leute lachen und plaudern dort draußen und unterhalten sich nachbarlich und tauschen

Neuigkeiten aus der Heimat in Iowa aus und kochen heiße Würstel und Wiener und lauter so Sachen und sehen sich die Landschaft an.

Is das ein Staat! Herrschaften, ich weiß nicht, wo Sie geboren sind, und ich möcht niemand kränken, aber ich weiß aus Erfahrung, daß die Cafeterias in Los Angeles die besten von der Welt sind. Ausnahmslos!

Ja, ich kann mich erinnern, daß Muttchen (das is meine Frau) daß Muttchen und ich in ein Lokal gekommen sind –

Ich kann Ihnen sagen, Herrgott, das hat ausgesehen wie so ne Kathedrale! Die Cafeteria, mein ich.

Wissen Sie, es war so hoch, es müssen zwei Stockwerke von dem Gebäude gewesen sein, in dem sie war – es war n großer hoher Wolkenkratzer, ja, es war die Nationalzentrale der Fundamentalisten- und Anti-Evolutions-Ganzbibel-Liga. Sie können sich also vorstellen, was fürn großes Gebäude das war. Also, Herrschaften, diese Cafeteria hat die ganze Höhe der beiden ersten Stockwerke eingenommen, und – also das is sicher ne Überraschung für jeden von ihnen, der nicht in Kalifornien gewesen ist – da drinnen war alles gekachelt, Fußboden, Decke und Wände.

Elegant? Mensch, die Kacheln haben so geglitzert, daß es einem fast in den Augen weh getan hat. Und alle Tische, s müssen tausend oder vielleicht auch fünfzehnhundert gewesen sein, ich hab auf so ungefähr zwölfhundert geschätzt, und Muttchen auch, also jeder von den Tischen hat ne hübsche grüne Farbe gehabt, und auf jedem – also das war mal ne Sache, und wohlgemerkt, nicht einen Extra-Cent haben die Leute dafür verlangt – auf jedem Tisch war n hübsches koloriertes Motto in Kunstdruck.

Ich weiß noch, was auf unserem Tisch war. Es war eingerahmt von so ner Kette Mohnblumen und Flußlachs, und es hat geheißen:

Willkommen, Herrschaften! Wie gehts dem alten Mütterchen daheim?

Wir empfehlen unsere Special-Zwiebel- und Erdnußbutterbrötchen, unser Vollfrucht-Vegetarianer-Steak und unsere Antialkohol-Fleischpastete, doch während Du Dich an ihrem Wohlgeschmack erfreust, vergiß nicht, daß Dein altes Mütterchen daheim vielleicht gern Nachrichten von Dir bekommen möchte.

Und wenn sie Dich hier aufsucht, dann bring sie nur zum Geschäftsführer und stell sie ihm vor, es wird ihm ein Vergnügen sein, ihr anläßlich ihres ersten Besuches hier kostenlos eine Willkommen-Mütterchen-Gratismahlzeit bis zum Wert von siebenundvierzig Cents zu stiften.

Recht aufmerksam, was? Und gute Reklame.

Wie gesagt, da war dieses elegante Lokal, und sie hatten n Vollorchester, das Lieder aus dem Süden gespielt hat, und am anderen Ende waren Lese- und Clubzimmer mit lauter Samtstühlen – so ne Art Loggia, die mit Samtschnüren abgeteilt war – da konnt man nach dem Abendessen hin und die Zeitungen von zu Hause lesen – sie hatten die Zeitungen aus Omaha und Hartford und Winona und Kalamazoo und überall daher. Und wenn man nach dem Abendessen weggegangen is, da hat jeder kostenlos und gratis eine Zigarette, zwei Zahnstocher und ein Marcus-Evangelium geschenkt bekommen; und jede Dame hat nen Pfefferminz-Bombong in durchsichtigem Papier und ne Puderquaste geschenkt bekommen, alles gratis und kostenlos.

Und hat das den Gästen Spaß gemacht? Na klar, Mensch! Also bloß ein Beispiel zum Beispiel –

Muttchen und ich, wir hatten grade angefangen, unser Futter einzuschaufeln, da hören wir plötzlich jemand am Nebentisch –

Hören Sie, wenn ich nicht später erfahren hätte, daß das n Farmer war, *ich* wär nicht drauf gekommen, und auch sonst niemand, auch der beste Beobachter nicht. Also ich kann Ihnen bloß sagen, der Mensch hat nen netten, sauberen bescheidenen Tuchanzug angehabt, genau so wie ich, und seine Frau, ne ordentliche, freundliche kleine Frau war das, also die hat fast n ebenso netten kleinen Hut aufgehabt wie Muttchen selber. Aber was ich sagen will: man hätte nie gemerkt, daß das Farmersleute waren – Tatsache, später, ich hab ihn zufällig in meiner Garage getroffen, da hat er mir erzählt, daß er die Gewohnheit hat, den *Cosmopolitan* zu lesen und die ganze gute Literatur, genau so wie wir in den großen Städten.

Also, wie gesagt, der Mensch beugt sich so n bißchen vor und sagt zu mir: »Ganz nettes Lokal hier.«

»Na freilich«, sag ich.

»Wissen Sie«, sagt er, »wenn das Essen *selber* ja vielleicht auch nicht ganz so gut schmeckt, sonst is doch alles hier so blendend eingerichtet, wie mans nur verlangen kann – nach dem allerfeinsten Geschmack eingerichtet, was?« sagt er.

»Na selbstverständlich«, sag ich – ich hab gleich gemerkt, daß er n netter Kerl war, und obwohl ich ne College-Erziehung habe und den Präsidenten Coolidge kenne und so, ich hab nie zu den Leuten gehört, die meinen, daß man nen wirklich angenehmen und sozusagen interessanten Menschen, den man unterwegs trifft, abfahren lassen soll, denn was sind wir schließlich, wie unser Pastor, Dr. G. Prosper Edwards, bei mehr als einer Gelegenheit in unserer Kirche gesagt hat, was sind wir schließlich, auch die Besten von uns, anderes als Weggenossen auf dieser großen Chaussee, die das Leben ist?

Also ich sage zu ihm: »Na selbstverständlich«, sage ich. »Fremd hier?« sage ich.

»Na ja, n bißchen, sozusagen«, sagt er. »Mutter und ich sind ja schon so ziemlich seit n paar Jahren hier in Los, aber trotzdem, wenn man sichs richtig überdenkt«, sagt er, »in so ner großen Stadt wie hier, mit allen ihren Wundern und Amüsemangs«, sagt er, »da kann man ne ganze Anzahl von Jahren hier sein und doch nicht mit allem Neuen fertig werden, und ganz besonders«, sagt er, »mit religiösen Dingen.«

Die Sache is die, um es kurz zu machen, der Herr sagte, daß es seine Frau und ihn sehr interessiert hat, die verschiedenen Arten von Religionen in Los Angeles zu studieren.

Also, wissen Sie! Der Mensch is ja vielleicht n Farmer gewesen, aber er war gar nicht so dämlich, wenn sichs um richtige Einblicke in Philosophie und Religion gehandelt hat. Ich sage Ihnen, er hat sogar *mich* manches lehren können, was ich nicht gewußt hatte!

Er hat mir mitgeteilt (und ich habe keinen Grund, seine Statistik anzuzweifeln), daß diese Prophetin, diese Mrs. Aimee Sample McPherson ihren Mitgliederumsatz in zwei Jahren um 1800 Prozent vermehrt hat, und daß von ihren Glaubensheilungen 62,9 Prozent erfolgreich und dauernd waren, und das is von richtigen vorsichtigen Ärzten festgestellt worden, in nem Zeitraum von zwei Jahren, oder s kann sogar auch mehr als zwei Jahre gewesen sein, ich hab mir keine Notiz gemacht und kann deshalb im Augenblick für den in Frage stehenden Zeitraum keine volle Verantwortung übernehmen.

Und dann – hören Sie! Er hat mir allerhand von vielen neuen und interessanten Religionen in Los Angeles erzählt.

Nicht, daß ich persönlich eine davon ergreifen möchte. Aber er hat mir auseinandergesetzt, daß es – ach Du lieber Gott, jetzt kann ich mich gar nicht einmal mehr an alle erinnern. Aber da war dieser Hindu-Atemkult, wo man bloß lernen mußte, wie man seinen Atem einteilt, und dann lebt man garantiert mindestens hundert Jahre. Und dann die Irische Vereinigung der Verlorenen Stämme Israels, die hat bewiesen, daß die Engländer die Nachkommen von Moses sind. Und der große Marzipan – nee, Mazeppa, glaub ich, wars, na auf jeden Fall irgend so was – das war so n Kerl, der einen in direkte Berührung mit seinen Vorfahren bringen kann, und auch n blendender Handleser –

Aber ich fürchte, ich komm n bißchen vom Kern der Sache ab. Der Kern is, daß der Herr und seine Frau beide einstimmig der Meinung waren, daß diese Cafeteria besser war als alle Lokale, die sie gesehen hatten, sogar in Minneapolis!

Also, wie gesagt, wie ich das Lokal gesehen hab, hab ich zu Muttchen gesagt –

Nicht, daß wir sparen müßten, verstehen Sie. Schließlich hätten wirs uns wohl auch im Ambassador und im Biltmore und in den andern vornehmen Hotels von Los Angeles leisten können, besser vielleicht als die meisten von den Filmschauspielern und Petroleumfritzen und den ganzen Menschen im Frack, die immer so den kleinen Leuten zeigen wollen, wie fein sie raus sind, aber am Morgen drauf, wenn sie wieder dasitzen, können sie sich zum Frühstück wahrscheinlich nicht mehr leisten als Kaffee und alte Semmeln!

Wir haben nicht sparen müssen, aber trotzdem is es, und das werden Sie ja begreifen, ab und zu recht nett, wenn man sich nen Vierteldollar sparen kann, und Muttchen und ich hatten gemeint, wenn wir in eine Cafeteria gingen, würden wir vielleicht billig davonkommen.

Aber wie ich das Lokal da gesehen hab, habe ich gesagt: »Na, Muttchen«, hab ich gesagt, »hier werden sie uns wohl tüchtig hochnehmen.«

Das hätte jeder gedacht, bei dem Luxus, und Du lieber Gott, vielleicht zweiundeinhalbtausend Leute haben da auf einmal gefuttert, und so n Heidenkrach von Geschirr – n richtiges Lucullusmahl oder wie der Kerl geheißen hat, könnt man sagen.

Aber wissen Sie –

Was meinen Sie, wie waren die Preise? Ich hab sie mir notiert (natürlich kann n Mensch, der im Büroartikelgeschäft ist, wie Billy Dodd da und ich, gar nicht anders, er muß wissenschaftlich werden) – ich hab mir die Preise notiert, während Muttchen und ich uns unsere Sachen am Buffet geholt haben, und ich weiß noch, was wir bezahlt haben.

Und bedenken Sie, daß das alles erstklassiges modernes Essen war, hergestellt auf den besten modernen Maschinen mit wissenschaftlicher Bemessung der Zubehöre, und ohne daß es von ner Hand berührt oder beschmutzt worden wäre.

Also, das hier sind n paar von den Preisen: Altes-Cap-Cod-Muschelragout siebzehn Cents, und richtige ordentliche *Muscheln* waren noch dazu drin! N Alt-Essex-Barbecue-Roastbeef hat dreiundzwanzig Cents gekostet, und ne große, dicke, saftige Süd-Dakota-Backkartoffel nur elf Cents, und Mussolini-Maccaroni zwölf, und nachher –

Ich bin so n bißchen, was Sie vielleicht nen Epikuräer nennen werden, und setz auf n gutes Essen gern was Pikantes, und da hab ich mir nen Dickens-Klein-Tim-Alt-Weihnachten-Plumpudding genommen, und dafür, mit zwei Saucen (mit Wein und ohne Wein) und mit nem echten Stechpalmenblatt drauf, hab ich nur siebenundzwanzig Cents zahlen müssen.

Und ich kann Ihnen sagen, ich hab alle diese Plumpuddings ausprobiert, Van Camp und Heinz und die ganzen Sorten, die überall inseriert sind, jawoll Herr, die allerwissenschaftlichsten davon hab ich ausprobiert, und nie hab ich nen besseren gegessen als den damals am Abend in der Cafeteria – Pfarrer-Junipero-Serra-Missions-Gasthof hats übrigens geheißen.

Also später hab ich mich n bißchen mit einem Geschäftsführer bekannt gemacht, und der hat mir erzählt, daß sie den Plumpudding selber machen, und er hat behauptet, daß sie eineinviertel – na, s können auch eindreiviertel Prozent gewesen sein, das weiß ich jetzt nicht mehr genau – aber auf jeden Fall hat er behauptet, daß sie mehr Zitronen und mehr Rosinen in ihren Plumpudding geben, als in allen anderen inserierten Sorten sind, und er hat mir auch erzählt, daß sie in den Weihnachts- und Feiertagsmonaten, das heißt also von Oktober bis März, im Tag durchschnittlich achthundertsiebenundneunzig Plumpuddings verkaufen!

Daran können Sie also sehen, was fürn Lokal das war! Und was ich fast vergessen hätte: für immer sechs Tische zusammen war n Stand mit kostenloser Christian-Science-Literatur da, mit dem *Monitor* und den ganzen anderen Sachen, und die konnte man sich ganz kostenlos nehmen.

Nicht, daß ich für meine Person besonders viel von der Christian Science halte. Ich, ich bin Kongregationalist. Aber trotzdem, s war doch recht nett, daß man sich kostenlos was zum Lesen in sein Hotel mitnehmen konnte, so daß man immer was zum Lesen hatte, wenn man mit der Straßenbahn fährt oder mal ne kleine Autofahrt macht oder ins Kino geht oder zu irgendnem anderen Amüsemang, dies in Los Angeles gibt.

Aber ich fürchte, ich komm n bißchen von meinem Gegenstand ab. Ich wollte nicht so lange über Kalifornien sprechen. Ich wollte bloß sagen, daß ich gestern nacht nicht so gut geschlafen hab wie auf meiner Reise nach Kalifornien –

Und, ach ja, da is noch was, was ich noch sagen möchte, wenn es Sie nicht zu sehr langweilt, von dem Junipero-Serra-Gasthof: Auf jedes einzelne Tablett legt Ihnen dort einer – und Sie brauchen gar nicht drum zu bitten, er tuts freiwillig, ohne viel Gerede und Hinundher, was natürlich das Ideal von Dienst am Kunden is – auf jedes einzelne Tablett legt Ihnen der, s muß n Portugiese gewesen sein oder vielleicht auch n Italiener – statt den Papierservietten, wie man sie in vielen Cafeterias im Osten kriegt, legt er ne richtige Leinenserviette hin, auf der gedruckt steht: »Nimm mich heim mit Dir, und wenn Du fern von der Heimat ein anheimelndes Heim haben und vergnügt sein willst, dann vergiß nicht, daß ich aus dem weltberühmten Serra-Gasthof bin.«

Tüchtig, was?

Aber was ich sagen wollte:

Sie wollen mit der Pokerpartie weiterkommen, und ich auch, und deshalb will ich auf gar keine Einzelheiten über meine Erlebnisse in Kalifornien eingehen. Billy hat ganz recht, die Karten sind zu klebrig, deshalb will ich neue von unten raufkommen lassen, und dann können wir weiterspielen. Und Sie werden wohl auch noch nen Schluck vertragen können, und da wollen wir ne schöne Mischung machen –

Hallo. Hallo. Hal–lo! Also, Kleine, ich brauch einen von euren intelligenten jungen Boys.

So, so? Na wissen Sie, lieber wär mirs, Sie kämen selber rauf! So, so was machen die, so! Na, ich bin nicht so einer.

Nee, bin ich nicht! Aber wissen Sie, Kleine, wenn Sie sich mal so n bißchen einsam vorkommen wenn Ihre Schicht um is, dann kommen Sie mal rauf hier auf zweihundertzweiunddreißig, und dann mach ich Sie mit n paar feinen Kerlen bekannt.

So, was Sie nicht sagen!

Nee, Herrschaften, diese Telephonmädels sind doch zu frech. Die is aber n nettes Kind, die Nummer zwei.

Ja, was ich sagen wollte –

Also Herrgott noch mal, kommt denn der Boy nie? Wenn *ich* n Hotel leiten würde –

Ich bild mir ja nicht ein, daß ich n John Bowman oder n Statler oder sonst so wer bin, aber wenn *ich* n großes Hotel leiten würde, würd ich –

Her- *rein*!

Ach Du bists, Du bists, Jungchen! Wo hast Du denn die ganze Nacht gesteckt? Ne kranke Großmutter am Sportplatz begraben? Also paß mal auf, mein Sohn: Du rennst mal gleich runter in die Apotheke hier im Hotel und bringst uns n hübsches neues Paket Karten rauf – nee, bei Gott, *zwei* Pakete sollens sein, und die besten, die sie haben!

Und dann bring uns noch zwei Quart Whisky rauf, aber flott, verstanden?

Na, meine Herren, die ganze Zeit, die wir auf den verdammten Boy gewartet haben, hab ich meine Pflichten als Hausherr vergessen, muß ich fürchten.

Sagen Sie Halt! So, das nenn ich mal n Getränk. Davon werden Sie Haare auf der Brust kriegen!

Sagen Sie Halt! Schön!

Sagen Sie Halt! So is recht!

So! und jetzt wird Vater Schmaltz mal sehen, daß er seinen eigenen Schnupfen los wird, und was er sonst vielleicht noch hat, und dazu wird er auch ne Kleinigkeit von dem alten Hausmittel nehmen, und während wir auf die neuen Karten warten, werd ich, wenns die Herrschaften nicht langweilt, dort fortsetzen, wo uns der Boy unterbrochen hat:

Also, was ich eigentlich sagen wollte: so vor ungefähr nem Jahr, nee, dreizehn Monate muß es jetzt her sein, hab ich n Geschichtchen gehört, das ich den Herren erzählen möchte –

Aber wissen Sie, bevor ich damit anfange, muß ich noch erklären –

Ich hab gemerkt, daß Mr. Laks, ich hab gemerkt, daß er sich n bißchen gewundert hat, daß ich bei der letzten Partie zwei Karten gekauft hab.

Also, die Idee war die, das Psychologische dran wird Sie ja vielleicht interessieren, und wie Billy Dodd Ihnen bestätigen kann, s gibt keinen Beruf, in dem man psychologischer arbeiten muß, als im Büroartikelgeschäft.

Also, als ich meine Karten hatte, dachte ich, daß Mr. Laks –

Entschuldigen, Sie, Mr. Laks, daß ich Sie nicht beim Vornamen nenne. Es war mir sehr unangenehm, wenn Sie auch nur einen Augenblick lang denken würden, es geschieht aus Unfreundlichkeit. Aber meine Ansicht is eben: wenn man jemand das *erste* Mal sieht, dann muß man zeigen, daß man seinen gesellschaftlichen Benimm hat, indem man ihm Herr Soundso sagt – damit zeigt man, daß man nicht so n manierloser Bursche is – und dann nachher kann man Pete oder Pootch oder Schweinsohr zu ihm sagen, oder wie er sonst heißt.

Aber, was ich sagen wollte:

Sie wissen doch noch, Simms hat geteilt, und was, meinen Sie, hab ich gekriegt? Na, ich wills Ihnen sagen: wie ich mir meine Karten ansehe, da hab ich die Caro Zwei, die Pick Sieben, den Treff König, die Herz Neun, und – die Sechs –

Also Donnerwetter, jetzt weiß ich nicht mehr – das is doch wirklich ne Schande – aber ich weiß nicht mehr, ob die fünfte Karte die Herz Drei oder die Caro Drei war. Aber auf jeden Fall, das is ja nicht so wichtig; was ich klarmachen wollte: ich hatte nicht mal ein einziges kleines Paar in meinem ganzen Blatt.

Und da hab ich mir gedacht: »Na, Low, da hast Du ja mal n blendend feines Sortiment erwischt.«

N bißchen hab ich ja lachen müssen –

Ich sage immer, Verstand is immer wichtig, an seiner Stelle, und Fleiß, und sogar Ideale, das heißt solange sie praktisch sind, aber was is wichtiger im Leben als Sinn für Humor? Ich hab ja sonst vielleicht alle möglichen Fehler, aber daß ich keinen Sinn für Humor hab, das hat mir noch keiner vorwerfen können. Und –

Wissen Sie, s is mir ja eigentlich nicht angenehm, Mr. Laks drauf aufmerksam zu machen, s wird mich ja wohl n hübsches Stück Geld beim Weiterspielen kosten, aber er hat sich wahrscheinlich gedacht, daß ich mich übern gutes Blatt freu, und nicht, daß ich über so ne Kollektion Mist lachen muß.

»Der denkt jetzt«, hab ich mir gedacht, »der denkt jetzt, daß ich die blendendsten Karten habe. Der soll jetzt mal denken, daß ich Drillinge hab.«

Also wie Sims fragt, wieviel gekauft wird, leg ich zwei Karten weg –

(Hier mußten zweitausend Worte, in denen Mr. Lowell Schmaltz seine interessante Taktik im weiteren Verlauf der Partie erläutert, auf energisches Verlangen des gesamten Verlagspersonals gestrichen werden. – DER HERAUSGEBER.)

Aber, was ich eigentlich sagen wollte –

Ich kanns ganz einfach nicht leiden, wenn bei ner Pokerpartie gequatscht wird. Das is ja das Schlimme bei den Frauen, und deshalb machts gar keinen Spaß, mit ihnen zu spielen. Man will mit nem Spiel anfangen, und dann wollen sie über Haushaltsachen und Kinder und weiß Gott was alles reden. Ich sage immer zu Muttchen:»Wenn wir *reden* wollen, schön, dann *reden* wir, aber wenn wir *Karten spielen* wollen, dann *spielen* wir auch!«

Aber weil wir das Spiel unterbrechen mußten, um die neuen Karten holen zu lassen, deshalb hab ich gemeint, ich könnt Ihnen die neue Geschichte erzählen, die ich ungefähr vor einem Jahr gehört hab – die Geschichte, die mir n gewisser Mack McMack mal bei einer Angelpartie erzählt hat.

Mack is, muß ich noch sagen, so ziemlich der führende Leichenbestatter von Zenith und der komischste Kerl, den Sie sich vorstellen können. Also, ums kurz zu machen, Mack hat uns erzählt –

Da waren – so hat Mack es erzählt – da waren n Engländer, n Jude und n Ire, und die haben auf ner verlassenen Insel Schiffbruch erlitten. Also wenn Sie die Sache schon kennen, dann unterbrechen Sie mich gleich. Also, da waren die drei, und –

Aber wissen Sie, bevor ich weitererzähle, wahrscheinlich wirds die Herrschaften interessieren, wo ich das gehört habe. Wie ich schon gesagt habe, wir waren auf der Angelpartie –

Ich hab schon überall Reisen gemacht und entschieden recht viel von der Welt gesehen, aber so gut wie damals hab ich mich, glaub ich, nie amüsiert. Zustande gekommen is die ganze Sache folgendermaßen.

Ich war grade bei ner Sitzung des Amerikanisierungsausschusses der Zenither Handelskammer. Und wissen Sie, was für Ehren mir auch sonst vielleicht noch bevorstehen, ich muß Ihnen sagen, daß ich auf nichts stolzer sein kann, als daß ich in diesem Ausschuß mitgearbeitet habe, und als die Handelskammer mich davon verständigte, daß ich hineingewählt worden bin, also Herrschaften, wissen Sie, da hätt ich am liebsten gesagt: »Jungens, ich weiß, daß ich dieser Ehre nicht würdig bin.« Und Sie können mir glauben, wir haben wirklich große Arbeit geleistet.

Bedenken Sie bloß, was richtige Amerikanisierung für die Zukunft unserer Nation und damit der ganzen Welt bedeutet. Und wir sind an das Problem rangegangen –

Also, nehmen Sie folgendes Beispiel: Da hat n Haufen Ungarn in der Zenither Stahl- und Maschinengesellschaft gearbeitet. Sie haben alle ziemlich nah voneinander draußen in Shantytown gewohnt, und da war so n ekelhafter Hundsbolschewist dabei, der wollte durchaus haben, daß sie diese ganzen lächerlichen und unzivilisierten Gewohnheiten beibehalten, die sie dort hinten in Ungarn haben (oder is es Jugoslowakien? – also auf jeden Fall dort, wo die Ungarischen her sind) und daß sie nicht weiter und aufwärts streben, um richtige Amerikaner zu werden. Also da war der Kerl, Zabo hat er geheißen, und seine Bude war das Zentrum der ganzen Unzufriedenheit und des Mangels an Patriotismus von den ganzen Ungarn. Dort bei ihm sind sie zusammengekommen und haben Bier getrunken und ihre eigene Sprache geredet und alle möglichen dummen ausländischen Tänze getanzt, und ich glaub, seine Frau is wirklich so weit gegangen, ne ungarische Theatergesellschaft zu gründen und alle möglichen ungarischen Stücke von Gorki zu spielen, oder wer der ungarische Stückeschreiber sonst is.

Also, die Sache haben wir abgestellt, so bald uns von diesen Zuständen berichtet wurde.

Wir sind zu Whitelaw Sonnenshine gegangen, das is der erste Vizepräsident der Zenither Stahl- und Maschinengesellschaft – und ich kann Ihnen sagen, daß is mal n feiner, aufrechter, hundertprozentiger amerikanischer Patriot – und der war ganz unserer Meinung und hat sich sofort an die Arbeit gemacht. Erstens mal hat er den Zabo, oder wie er sonst geheißen hat, an die Luft gesetzt, und dann haben wir die Polizei dazu gebracht, daß sie den Kerl, sofort wie er auf der Straße war, wegen Vagabundieren hoppgenommen hat, und so haben wir ihn aus der Stadt rausgebracht; übrigens hab ich gehört, daß seine Frau später ne Stellung als Dienstmädel gekriegt und auf den ganzen verdammten Blödsinn verzichtet hat, und wie der Zabo dann in nem Stahlwerk in Gary umgekommen is, hat sie nen richtigen aufrechten Amerikaner namens Harry Kahn geheiratet.

Und ich kann Ihnen sagen, keine sechs Monate hats gedauert, und da wars mit dem bolschewistischen Einfluß vorbei, die Ungarischen haben Charleston getanzt, genau so wie Sie oder ich, und unsere Zeitungen gelesen, und n paar von ihnen haben schon Radios, und sie gehen auch ins Kino und werden überhaupt so, daß ihre Enkel kaum von Ihren oder meinen zu unterscheiden sein werden.

Ja, so ne Arbeit haben wir im Ausschuß geleistet, und an dem speziellen Tag, von dem ich rede, hatten wir eine Sitzung zur Reglung der Frage der Geburtenkontrolle.

Also meine Herren, das is Ihnen vielleicht eine strittige Streitfrage.

Daß wir alle sie ausüben, is natürlich ne selbstverständliche Sache. Aber bei uns is es ja anders, weil wir schließlich, wenn man alles in allem und im ganzen nimmt, dieses große demokratische Land regieren. Aber wenn sichs um die Frage handelt, ob man den Massen und unteren Klassen erlauben soll, sie auszuüben, ja dann, wissen Sie, dann kommt man auf ein schwieriges Wirtschaftsproblem, mit dem sogar ein Collegeprofessor kaum fertig werden könnte.

Tatsache, der eine sagt das und der andere wieder was anderes, und so stehts damit.

Die eine Partei behauptet, daß die höheren Klassen wie wir selber, daß wir mit dem großartigen britischen Blut so viel Kinder wie nur möglich in die Welt setzen müssen, um die Herrschaft über diese große Nation in der Hand und die Ideale, für die wir und unsere Vorfahren immer eingetreten sind, hoch zu halten, während diese niedrigeren Massen ihre weniger intellektuellen Massen nicht fortpflanzen sollen. Aber andererseits wieder gibts Leute, die sagen und behaupten, daß wir jetzt, wo wir die Einwanderung beschränkt haben, einen Vorrat an billigen Arbeitskräften brauchen, und wie können wir ihn besser kriegen, als indem wir diese Italiener und Ungarn und Spanier und so weiter darin ermutigen, so viel Bälger aufzuziehen, als sie nur können?

Jawoll Herr, das war damals vielleicht ne große Debatte. Die eine Seite beschwor den heiligen Namen Roosevelts herauf, mit seinen unsterblichen Worten über den Rassenselbstmord – und dann hat doch weiß Gott die andere Seite genau dieselben Worte genommen und bewiesen, daß sie genau das Gegenteil davon bedeuten!

Ich kann Ihnen sagen, wenn sichs um ne praktische Geschäftsangelegenheit handelt, also zum Beispiel wie man seine Schaufenster dekorieren oder ob man nen Bleistiftspitzerverkauf aufziehen soll, dann leist ich ja wohl ebenso viel wie der Durchschnitt und die Allgemeinheit aller Denker, aber diese Frage war doch n ganz klein wenig zu hoch für mich. Und ich hab auch gemerkt, daß Joe Minchin dasselbe gedacht hat, und wissen Sie, unter allen mehr oder weniger wichtigen Geschäftsmännern in Zenith gibts lausig wenig, die an Joe Minchin ranreichen.

Ja, sein Name is einigermaßen weit über die lokalen Grenzen von Zenith hinaus verbreitet, in jeder Straße und in jedem Dörfchen über die ganze Länge und ganze Breite des Landes. Joe – und ich bin kolossal stolz darauf, daß ich den Vorzug habe, Joe zu ihm zu sagen, und er vergißt nie Low zu mir zu sagen – also, er is der Präsident der Kleinen Titanen Oelsieb G. m. b. H., und ich kann Ihnen sagen, wenn Sie das Kleine Titanen in Ihrem Wagen noch nicht ausprobiert haben, also dann folgen Sie mir und tun sies, mehr brauch ich nicht zu sagen. Selbstverständlich hatt ich immer die allergrößte Hochachtung vor Joe –

Na, da bist Du ja endlich, mein Sohn! Sag mal, wieso hast Du eigentlich nicht die ganze Nacht dazu gebraucht, um die

Karten raufzubringen. Hast Du den Whisky? So, Du hast ihn, Du hast ihn! Na, das hatt ich nicht mal erwartet. Na, da hast Du nen Vierteldollar für Dich selber, Du kannst ihn in G. M. C.-Aktien anlegen, aber sieh zu, daß Du die Vorzugsaktien kriegst.

Also, meine Herren, hier sind die neuen Karten, und jetzt können wir endlich, Gott sei Dank, weiterspielen. Aber wenn Sie mir nur einen einzigen Augenblick länger Gehör schenken wollen, möcht ich die Geschichte fertig bringen, die mir Mack McMack erzählt hat. Wenn Sie sie kennen, werden Sie sicher auch der Meinung sein, daß sies wert ist, sogar ne Pokerpartie noch ne Kleinigkeit aufzuschieben.

Also, wie gesagt, bloß damit Sie den richtigen Hintergrund für die Geschichte haben, Joe Minchin und ich, wir waren beide in dem Ausschuß für Amerikanisierung, und ich konnte merken, daß diese Geburtenkontrolldiskussion ihm genau so langweilig war wie mir. Und deshalb hab ich mich so im Hintergrund vom Zimmer an ihn rangemacht und zu ihm gesagt: »Was die Kerle rumschwefeln! Ich mag nur nen Menschen, der seinen Spruch hersagt und dann den Brotladen zumachen kann.«

»Klar«, sagt er. »Sagen Sie, Low«, sagt er, »ich glaube, Sie kennen meine Hütte oben am Misheepagontiluckit-See noch gar nicht, was?«

»Nein, ich hab sie noch nicht gesehen«, sag ich zu ihm, »aber ich hab gehört, daß sie eine der feinsten und schönsten Blockhütten im ganzen Staat is.«

»Na«, sagt er zu mir, »ob gar so viel damit los is, weiß ich nicht, aber ne Menge Architekten und so weiter, und sogar der Reverend Elmer Gantry, der doch Auslandsreisen gemacht hat, die alle haben mir gesagt, daß sie gar nicht so übel is. Hören Sie, Low«, sagt er, »ich hab dran gedacht, ne kleine Weekend-Angelegenheit zusammenzutrommeln und übers Weekend hinaufzufahren, ich meine das übernächste Weekend, jetzt wos wieder warm wird, und was meinen Sie, würden Sie mitkommen?«

Also da war der Mensch, Mr. Minchin, der so viel Geld verdient – wissen Sie, ich geh jede Wette ein, daß er nicht einen Sou weniger als vielleicht sechzig- oder siebzigtausend Dollars netto im Jahr macht, und der war ganz einfach und bescheiden und is sich gar nicht besser vorgekommen als Sie oder ich. Natürlich hab ich ihm gesagt, daß es mir ne kolossale Freude sein würde mitzukommen, wenn meine Frau mich gehen läßt, und da bin ich also mit Joe und seiner Gesellschaft losgefahren – nachdem ich, das kann ich nicht leugnen, mir allerhand von meiner Frau hab sagen lassen müssen.

Es hätte gar keinen Sinn, Ihnen zu sagen, wer sonst noch bei der Gesellschaft war – ich will Ihnen ja nur die Geschichte erzählen, die Mack McMack mir erzählt hat, und dann wollen wir wieder weiterspielen. Aber bloß um sie zu nennen, außer Joe Minchin und mir war Vergil Gunch mit, der is in der Kohlen- und Holzbranche einer der einflußreichsten Geschäftsmänner in Zenith und außerdem n großartiger Redner, und Depew LeVie, der Rechtsanwalt, n sehr feiner Herr, der am City-College in New York studiert hat – das einzig Unangenehme an ihm is, er hat so ne Stinkwut auf die Juden, daß einem ganz schlecht wird, wieviel er immer drüber redet – und Mack McMack –

Und wissen Sie, wenn mal einer n feiner Kerl is, dann is das einer.

Wissen Sie, um die Zeit, wie Mack ins Bestattungsgeschäft gekommen is, da haben sich die alle ganz einfach Leichenbestatter genannt, aber seitdem er dabei is (er hat nämlich, obwohl er n großer Spaßvogel is, ne mächtig ernsthafte und idealistische Ader in sich) und seitdem er dabei is, und das hat er mir statistisch bewiesen, nennen sich 51,7 Prozent Beerdigungsinstitute.

Und Mack war der erste in Zenith, der wirklich schöne Begräbniszimmer eingerichtet hat – oder nein, Beerdigungssalongs, glaub ich, werden sie jetzt von den Führern des Berufs genannt. Ich hab sie gesehen – Gott sei Dank nicht wegen irgendeiner bedauerlichen und unglückseligen Katastrophe in meiner eigenen kleinen Familie, sondern weil Mack bei seiner Eröffnung einen Empfang gegeben hat, und da sind wir alle hingegangen, um zu sehen, wie hübsch und gleichzeitig ausgezeichnet n Begräbniszimmer sein kann.

Das is Ihnen vielleicht ne Sache! Es muß schon n großer Trost für ne arme Familie sein, die ein geliebtes Wesen in die Erde senken muß. Die Hauptbegräbniskapelle ist ganz wie n hocheleganter Privatsalon, n riesengroßer Raum mit nem hübschen Kamin und einfachen, aber geschmackvollen Bildern, Landschaften und Kätzchen und so, und ne Menge Palmen, und zwei Kanarienvögel in Goldkäfigen, und große prachtvolle gepolsterte Sessel, und n paar Brokatsitzbänke, die so lang sind, daß man drauf schlafen könnte – natürlich will man in so nem Zimmer eigentlich gar nicht schlafen – und n kleiner Vorraum, wo die trauernde Familie so halb für sich sitzen kann, und der is so hübsch eingerichtet wie n Boudoir, mit nem hübschen Lesetisch, und auf dem liegt die letzte *Vogue* und der *Western Christian Advocate* und die *Chiropractic and Abrams Method Quarterly* und noch viele andere ernste, aber interessante Magazine und – und das is ne unglaublich rührende Sache, auf die Mack selber gekommen is – nette Leinentaschentücher für die trauernden Hinterbliebenen, und alles ganz kostenlos.

Und dann is für den Prediger so ne hübsche abgeschlossene Nische da, die sieht aus wie so ne altmodische Sänfte, so haben die Dinger doch geheißen, glaub ich. Der muß also nicht ganz frei stehen und damit alle in Verlegenheit bringen, während er seine letzten Worte über den Dahingegangenen sagt. Und der Sarg, der kommt aus dem Raum dahinter in den Kapellensalong auf nem kleinen elektrischen Rollwagen, wie durch ein Wunder, ohne daß Menschenhände ihn anfassen, was nämlich, wie Mack mir selber erklärt hat, ein Gefühl der Scheu und des Wunderbaren erzeugt.

Jawoll Herr, bei Gott, nichts, was man sich ausdenken könnte, fehlt, um diese letzten traurigen Zeremonien zu mildern und zu lindern.

Und der Empfang, den Mack zur Eröffnung dieser Begräbnissalongs – oder Beerdigungssalongs gegeben hat, das war ne Sache.

Nachdem wir uns alles angesehen und im Gästebuch eingetragen hatten, das war n sehr hübscher Band, in Kalbsleder gebunden, da hat er das Y. M. C. A.-Quartett dagehabt, und die haben einige passende Sachen gesungen, so wie »Gehst Du dahin, o Schwalbe des Herbstes«, und dann hat der Reverend Otto Hickenlooper von der Zentral-Methodisten-Kirche einige sehr interessante und zum Nachdenken anregende Bemerkungen darüber gemacht, was die Wissenschaft und moderne amerikanische Tüchtigkeit leisten könnten, um die Schmerzen des unvermeidlichen Kummers und Grams zu verringern, und dann wurde Orangensorbet und eine große Auswahl von französischem Backwerk serviert.

Eine erstklassige Sache, die in jeder Hinsicht und –

Und *Rentabilität*?

Mack hat mir selber gesagt, daß diese Begräbniszimmer oder Beerdigungssalongs sich in weniger als siebzehn Monaten bezahlt machen!

Sehen Sie, alle Begräbnisunternehmer haben sich um die Beerdigung vom Reverend Dr. Efflins beworben, wissen Sie, der, den sein Dienstmädel ermordet hat, und Mack hat das Geschäft ganz allein bekommen, sogar obwohl seine Preise höher waren, weil nämlich der Witwe die Eleganz seiner Begräbnisräume gefallen hat. Ja, so n Geschäftsmann ist das!

Und dann, das letzte Mitglied unserer Angelgesellschaft war keine geringere Persönlichkeit als ein Professor von der Universität Winnemac. Jawohl!

Wir alle, und sogar Joe Minchin, haben gespürt, daß er ne Kleinigkeit über uns war, aber bei Gott, das würden Sie nie denken, wenn Sie ihn kennenlernen – genau so einfach und anspruchslos und herzlich wie irgendeiner von uns.

Professor Baroot, Prof für Gewerbesoziologie an der Universität war er, aber wissen Sie, *der* hat sich nie an die altmodischen zurückhaltenden Lehrmethoden gehalten.

Er hat mir erzählt, ganz von selber übrigens, ohne daß ich ihn gefragt hab, daß er nicht mehr als seine halbe Zeit unterrichtet, und das, weil sein Gegenstand – er hat die Aufgabe, den Studenten zu zeigen, daß die großen amerikanischen Industriegesellschaften besser als irgendne kleine Firma für ihre Leute sorgen und Unfälle verhüten und Anarchisten und

Arbeiterunruhen vermeiden können – wie gesagt, wegen seines Unterrichtsgegenstands is er ein Herz und eine Seele mit allen möglichen Industrieführern, und seine eigentliche Aufgabe besteht darin, mit denen im Kontakt zu bleiben und sie dazu zu bringen, daß sie die Universität unterstützen.

Ein ganz prachtvoller Mensch. Er is Mitglied im Rotary-Club und in der Amerikanischen Sicherheitsliga und im Klan – oder vielmehr, da war er Mitglied, bis der Klan unbeliebt geworden is – und in der Moose-Loge und bei den Sonderbaren Brüdern und bei den Key-Männern, und dann hat er auch tadellos singen und nen Holzschuhtanz tanzen können, und wissen Sie, er war eben ganz anders als alle die ollen Karpfen von der Universität.

Jawoll Herr, der hat mal gezeigt, wie modern und fortschrittlich n Professor sein kann. Er hat ja auch wirklich ausgesehen wien Effektenmakler.

Also das waren wir – Joe Minchin, Prof Baroot, Vergil Gunch, Mack McMack, der Rechtsanwalt Depew LeVie und Ihr ganz Ergebener mit bestem Dank für den Auftrag und Bitte um fernere Aufträge.

Ja, und so sind wir zusammen losgefahren, und so hab ich die Geschichte gehört, die Mack erzählt hat, und jetzt muß ich sehen, daß ich schnell fertig damit werde, damit wir wieder mit dem Spielen anfangen können.

Also die Geschichte war die. Wie gesagt, wenn sie einer von Ihnen schon kennt, dann soll ers gleich sagen, damit ich aufhör.

Da war der Engländer und der Ire und der Jude – waren alle Reisende oder so was. Auf jeden Fall, was sie auch waren, sie waren alle auf nem Dampfer, der über den Stillen Ozean gefahren is, und dem Schiff is irgendwas passiert, und irgendwie is es untergegangen, und zwar is es vor ner einsamen Insel untergegangen, und wie die drei ans Land gekommen sind, da haben sie gesehen, daß weiß Gott alle von dem Schiff ersoffen sind außer ihnen und einem Mädel, auf das sie alle schon auf dem Schiff Augen gemacht haben –

Ich kann Ihnen sagen, nie werd ich vergessen, wie Mack uns angesehen hat, wie er so weit mit seiner Geschichte war.

Er hat nichts Dreckiges gesagt. Selbstverständlich, wo Mack Beerdigungsunternehmer ist, gehört sichs nicht für ihn, gewöhnlich oder schmutzig zu reden, aber wissen Sie, der Kerl is wirklich der geborene Clown. Wenn er zur Operettenbühne gegangen wär, da hätt er den Sir Harry Lauder mächtig abgehängt. Man hat einfach *spüren* können, daß die drei Kerle verrückt nach dem Mädel waren –

Herrgott, hat die Geschichte mir Spaß gemacht. Nie werd ich den ganzen Hintergrund vergessen. Es war eine der großartigsten Nächte in meinem ganzen Leben.

Wissen Sie, wenn ich mich bloß mal auf ne Sekunde unterbrechen darf, wir sind da draußen bei der Hütte von Joe Minchin angekommen – sie is am Misheepagontiluckit-See, das is im nördlichen Teil des Staats, ungefähr vier Stunden von Zenith –

Nee; warten Sie mal; s sind gar keine vier Stunden. Ich weiß noch, um zwei Uhr siebenunddreißig nachmittags sind wir vom Zentralbahnhof abgefahren; ich weiß es ganz genau, weil, wie ich aus dem Haus gegangen bin, da hat meine Frau gesagt, ich würde zu spät kommen – ganz bös war sie, daß ich weggeh und sie allein laß, und man hat ihr anhören können, daß es ihr ne riesige Freude gemacht hätte, wenn ich wirklich zu spät gekommen wär – und da hat sie gesagt: »Du wirst den Zug nicht mehr kriegen«, und ich kann mich noch erinnern, daß ich gesagt hab: »Nein«, hab ich gesagt, »ich hab genau vierzig Minuten, weil der Zug um zwei Uhr siebenunddreißig geht, und jetzt fehlen noch genau drei, oder eigentlich zweieinhalb Minuten auf zwei.« Deshalb weiß ich also, daß wir genau um zwei Uhr siebenunddreißig gefahren sind, und nach Lucknow, dort steigt man aus, wenn man zum Misheepagontiluckit-See will, sind wir um sechs siebzehn gekommen, und an das kann ich mich erinnern, weil es grade siebzehn Minuten nach sechs war, und das is ne Zahl, die man sich leicht merken kann. Es waren also nicht ganz vier Stunden.

Aber wir haben natürlich n paar Klapperkästen zum See hinausnehmen müssen – keine Taxen, wissen Sie, weil dieses Lucknow nämlich natürlich n Bauernnest is; wissen Sie, das is so n Drecknest, daß Sie nicht mal ne Hochschule oder n

Restaurang haben, und nur ein Kinotheater gibts dort und sechs Garagen, so n Loch is das, richtig so was, wo die Welt mit Brettern vernagelt ist – wir haben also n paar Klapperkästen nehmen müssen raus zu Joes Hütte (wenn man so n richtigen Palast überhaupt ne Hütte nennen kann!), und das hat vielleicht auch noch ne halbe Stunde gedauert, so daß es im ganzen vier Stunden und vielleicht noch ne Kleinigkeit länger vom Zentralbahnhof in Zenith bis dahinaus gedauert hat, wenn ich ganz genau sein will.

Also, wir sind hingekommen, und dann haben wir uns n kleines Abendessen zurechtgemacht – wissen Sie, ich hab immer geschimpft, daß College-Profs nicht praktisch sind, aber der Doc Baroot hat den Koch gemacht, und er hat so ne Schweinefleischkonserven mit Bohnen genommen und Whisky und n Ei dazu gegeben, und Herrschaften, ich kann Ihnen sagen, das hat n Essen für Könige gegeben.

Und nachher nen guten Apfelkuchen mit sterilisierter Sahne dazu, und natürlich ne ordentliche Portion Gin und Rum, damit alles auch gut runterrutscht. Mensch, wir haben gegessen wie ne Gesellschaft von Herzögen!

Also, wie wir mit dem Essen und dem Geschirrwaschen fertig waren, da wars so gegen acht Uhr geworden, und dann hat Joe gesagt: »Also aufgepaßt, Herrschaften, so lange wir hier draußen sind, wollen wir uns ordentlich ausrasten und Bewegung machen und n Naturleben führen; wie wärs also, wenn wir bis zehn ne Partie Poker machen und dann pünktlich aufhören und schlafen gehen und um sechs Uhr früh aufstehen und uns direkt in die große freie Natur Gottes hinausbegeben?«

»Gemacht«, sagen wir; »klar, um zehn hauen wir uns in die Klappe.«

Da haben wir also in dem großen Wohnzimmer zu spielen angefangen –

Also, was sagen Sie dazu! Was sagen Sie dazu! Ich hab Joes Häuschen noch gar nicht geschildert, und das war doch die allergrößte Überraschung.

Daß er ne tadellos eingerichtete Blockhütte hat, das hatt ich ja schon gewußt, aber auf so was war ich doch nicht gefaßt gewesen. Blöcke – na ja, freilich war sie aus *Blöcken* gebaut, aber Du lieber Gott!

Ich kann Ihnen bloß sagen, auf das Haus könnte der Prinz von Wales oder J. Pierpont Morgan stolz sein.

Draußen war jeder Block poliert, daß er geglänzt hat wien Spiegel, und an jedem einzelnen Block war ins Ende der Name von einem Filmstar eingeschnitzt. Und dann war unter den Dachrinnen, an beiden Seiten, ne elegante, ausm Ausland importierte Holzschnitzerei mit Weinblättern, Sternen, Halbmonden, Schlangen und Rosen, alles durcheinander.

Und drinnen, wissen Sie, das Wohnzimmer war zwei Stockwerke hoch, mit ner Galerie, die um drei Seiten rumgegangen is, und vielen hübschen Teppichen und College-Fahnen und Reklame-Fahnen vom Kleinen Titanen-Ölsieb und Rotary-Fahnen und Wählt-Coolidge-Fahnen und so weiter, die von der Galerie herunterhingen – und selbstverständlich hab ich mich besonders gefreut, die Coolidge-Fahnen zu sehen, weil Coolidge und ich, wie Billy Dodd hier weiß, immer dicke Freunde gewesen sind und ich mich mit ihm im Weißen Haus ausgezeichnet unterhalten hab, wir haben über Steuersachen und die Lage in China gesprochen.

Und die Einrichtung – wissen Sie, Joe is ja vielleicht nicht mehr als einer von unseren gewöhnlichen Geschäftsleuten, aber die Phantasie, mit der er dieses Hauptwohnzimmer, das auch das Eßzimmer war, eingerichtet hat, das war schon was, wobei einem die Puste weggeblieben ist.

Also, der Kamin war aus allen Sorten und Arten Steinen zusammengesetzt, die man im Umkreis von vierzig Meilen um den Misheepagontiluckit-See finden kann, und außerdem war noch ein Glückshufeisen dort eingesetzt und der Golfball, mit dem Joe das Vater-und-Sohn-Golfturnier gewonnen hat, und der Boden einer Rotweinflasche, die er in Paris getrunken hat – mm, so n bißchen von richtiger, anständiger französischer roter Tinte würde jetzt recht nett sein, aber Sie dürfen nicht vergessen, Herrschaften, daß wir noch zwei ganze Flaschen guten Schnaps haben, bedienen Sie sich nur und seien Sie nicht schüchtern, wie die Organistin zum Diakon sagte – und dann war noch eine echte Original-Kanonenkugel von Gettysburg hineingemauert in den Kamin, und der erste Dollar, den Joe in seinem Leben verdient hat, und der erste Nagel vom Billy-Sunday-Heiligtum in Zenith – wissen Sie, was jetzt der Schweizer Rollschuhplatz und die Boxarena is – und n Stück Eisen von einer Heizung im Vanderbilt-Gebäude in New York, Joe war nämlich grade dort, wie das Haus niedergerissen wurde, und Sie würden sich wundern, wenn Sie wüßten, was er den Arbeitern hat zahlen müssen, ums zu kriegen!

Und die ganze übrige Einrichtung hat dazu gepaßt.

Einer der Sessel war aus einem alten spanischen Altar gemacht, und einer war n echter Louis-Käns-Sessel aus irgend nem Palast aus Frankreich, in dem Napoleon mal gesessen haben soll, und einer war so n geflochtener Sessel mit nem kleinen Dach drüber, wie man sie früher an der Küste gehabt haben soll, und einer war nichts weiter als ne hohe Holzbank, die war aus dem Balken einer Hütte in Kentucky gemacht, in die, und das kann Joe mit Dokumenten, die er hat, beweisen, Lincoln als junger Mann oft gekommen is.

Und im ganzen Zimmer –

Tatsache, da waren mehr Bilder und Plakate und Fahnen und Reklamesachen, als auf ne Kuhhaut geht, und weiß Gott, und auf das wären Sie sicher nicht gefaßt gewesen, in einer Hütte dort oben im Norden zwischen den Kiefern, weiß Gott, da hat er doch wirklich ne richtige Bibliothek gehabt, mit Dr. Eliots Dreifußbücherregal und mit den sämtlichen Werken von Zane Grey.

Also wie gesagt, wir haben blendend gelebt, und dann haben wir uns zu nem Spielchen hingesetzt und –

Ach, übrigens, da is was Komisches passiert. S war grade beim vierten Spiel, oder s kann auch das fünfte gewesen sein, das kann ich im Augenblick wirklich nicht mehr genau sagen, aber ich weiß noch, daß Mr. LeVie geteilt hat, und weiß Gott hat er mir vier Buben gegeben, und ich sitze doch tatsächlich mit vier Buben in der Hand da. Na, ich will Ihnen nicht erzählen, was da passiert is –

Wenns was gibt, was mir auf die Nerven geht, dann sinds die Leute, die durchaus nach jedem Spiel, obs Poker is oder

Bridge – oder sonst irgendn Spiel, verstehen Sie – die durchaus nach jedem Spiel ne Leichenrede halten wollen und sich nicht davon abbringen lassen, zu erklären, warum sie das getan oder was anderes nicht getan haben. Ich sage oft zu Muttchen, zu meiner Frau: »Du lieber Gott, spiel Karten, und laß die anderen für sich alleine denken!« Aber trotzdem, das war wirklich ne komische Sache.

Der Professor Baroot – oder vielleicht sollt ich ihn Doktor Baroot nennen; ich hab gehört, daß er Doktor der Philosophie is, und das soll n Titel sein, der kolossal schwer zu kriegen is, nicht so wie diese juristischen Doktortitel, die ne Menge Bankiers und Schriftsteller und Minister und so weiter bekommen, damit sie mit Geld rausrücken, na aber, ob er nun schwer zu kriegen is oder nicht, auf jeden Fall hab ich gehört, daß niemand, und wenn er noch so n blendender Lehrer is, nie damit rechnen kann, höhere und besser bezahlte Unterrichts- und Forschungsstufen zu erreichen, wenn er nicht den Chefs im College zeigen kann, daß er nen Dr. phil. hat –

Na also, der Professor – oder Doktor – Baroot hat mich beobachtet, genau so wie Mr. Laks hier vor kurzem, und da hab ich n langes Gesicht gemacht – wissen Sie, da hätten Sie mich vielleicht sehen sollen, Sie hätten gemeint, die Deutschen haben den Krieg gewonnen, oder ich hab meine größte Rechnung nicht eintreiben können. Ich hab also beschlossen, n Gesicht zu machen, als hätt ich n Flush, zu dem mir eine Karte fehlt, und mich drauf zu konzentrieren und damit zu beschäftigen –

Denn Sie können sagen, was Sie wollen, und Gott weiß, daß ich n guter Kongregationalist bin und kein Neudenker oder Theosophist oder Swedenborgianer oder so was Ähnliches, aber man kann sagen, was man will, n Mensch – ich meine, wenn er seine Willenskraft entwickelt hat, wenn ein Mensch sich auf nen selbstbewußten – unterbewußten meine ich – auf nen unterbewußten Gedanken *konzentriert* und entschlossen is, ihn feste zu denken, dann muß der andere es merken, verstehen Sie, was ich meine?

Ich kaufe also natürlich eine Karte und mach n fürchterlich enttäuschtes Gesicht, als wär mein Flush oder meine Sequenz Essig geworden, und dann, wie das Bieten losgeht, tu ich nervös, als ob ich bluffen würde, und geh so n bißchen widerwillig mit. Aber wie dann Mack ne Fullhand mit nem Paar Assen hinlegt und ich dann meine vier Jungs auf den Tisch haue und zähle, vier – ich kann Ihnen sagen, die Gesichter hätten Sie sehen sollen!

Na, so gegen halb zehn, da fährt Joe Minchin ne Überraschung für uns auf. Was meinen Sie, hat er angebracht? Was meinen Sie? Tatsächlich ne echte alte Originalflasche von Vorkriegs-Kanadischem Club-Whisky.

Tatsache!

Von mir aus können die Leute reden, was sie wollen, von feinem Portwein und Rotwein und allem möglichen, was man im Ausland kriegt, aber jeder, der wirklich n Kerl is, der gießt sich lieber dieses flüssige Gold hinter die Binde als alle die verweichlichten europäischen und französischen Weinsorten, das können Sie mir glauben!

Und –

Also, wir hatten natürlich ausgemacht, um zehn aufzuhören, aber um zehn ging das Spiel grade hoch und hitzig, und Verg Gunch war im Verlieren, und da sagte er: »Herrgott«, hat er gesagt, »Ihr müßt mir meine Revanche geben«, und das haben wir alle schließlich auch richtig gefunden, und deshalb haben wir ausgemacht, bis Mitternacht zu spielen und dann aufzuhören und in die Falle zu gehen.

Also, irgendwie, die Einzelheiten weiß ich nicht mehr genau, haben wir um Mitternacht ausgemacht, bis zwei zu spielen, und um zwei haben wir alle gemeint, daß wir schließlich, Teufel auch, von unserer Arbeit in der Stadt müde sind und n bißchen Erholung brauchen, und deshalb wollten wir bis zum Morgen spielen und dann den ganzen nächsten Tag schlafen und spät am Nachmittag n bißchen angeln gehen. Das haben wir ausgemacht. Und dann haben wir noch ne Kleinigkeit gegessen.

Wissen Sie, der Kerl, der Joe Minchin, das is mal wirklich ne feine Nummer.

Sie würden sich wundern, meine Herren, wenn Sie wüßten, was er dort in seiner Speisekammer gehabt hat, grade für solche Notwendigkeiten wie damals – natürlich wärs nicht sicher gewesen, das ganze Essen dort in nem unbewohnten Häuschen zu lassen, wenn er nicht nen Wächter gehabt hätte, dort oben in diesen pfadlosen und unbewohnten Wildnissen des Nordens, wo jeder Vagabund reinkommen und sich bedienen kann, aber zum Glück hat, nicht mehr als hundert Fuß entfernt, n norwegischer Farmer gewohnt, bloß über die Straße, Oscar Swanson, n großer, starker skandinavischer Farmer war das, er hat nen Sohn, der in Lucknow bei der Sektionsrotte arbeitet, und seine Tochter war in der Handelsschule in Winniwaka gewesen und hat für ne Versicherungsfirma in Winniwaka gearbeitet, ne kolossal kluge und tüchtige junge Dame, und Oscar hat Joes Haus n bißchen im Auge behalten, und er hat also –

Ich kann Ihnen sagen, Sie hätten vielleicht die Augen aufgerissen, wenn Sie in die Speisekammer gekommen wären! Alle Bedürfnisse des Tisches und jeder Luxus, könnt man sagen – alles in Konserven natürlich, aber Du lieber Gott! Bei keinem von den römischen Gastmählern, von denen man liest – oder eigentlich die man im Kino sieht – hats so was gegeben. Ich kann Ihnen sagen, da waren Hühnerkonserven, und Fleischragout, und spanische Kartoffeln, und Fleisch-Sui, echt original chinesische Art, und marinierte Schweinsfüße, und blendende Makrelen, und ne Obstsalat-Konserve, ich kann Ihnen sagen, bei der war sogar nem französischen Koch die Spucke weggeblieben – Pfirsichscheiben und Birnen und Äpfel und Kirschen, Tatsache, zwei verschiedene Arten Kirschen – also kein Hotel in Chicago könnt nen besseren Obstsalat schmeißen.

Und dann hat er auch noch Knallbombongs und echte original Scrantoner Prezeln gehabt. Mm! Also, wie gesagt, wir haben fein gegessen, und grade damals, wie wir alle beim Essen gesessen sind, grade damals hat Mack McMack uns die Geschichte erzählt, die ich angefangen hab.

Na! Ich fürchte, ich hab n bißchen lang gebraucht, bis ich zur Geschichte selber gekommen bin, aber ich wollte, daß Sie den Hintergrund kennen, damit Sie die Geschichte besser verstehen, und das is so ne komische Sache mit mir: ich hab immer so ne Art Begabung gehabt, wissen Sie, das, was die Zeitungen dramatischen Instinkt nennen.

Ich hab immer so n heimliches Gefühl gehabt, daß ich gar kein schlechter Schauspieler geworden wär, wenn das Leben mich nicht zu ernsteren und verantwortungsvolleren Dingen berufen hätte. Oder vielleicht auch Regisseur oder Stückeschreiber. Ja wissen Sie, wie ich noch n junger Mensch war, der weiterkommen wollte, wie man sagt, da waren wir so sechs oder sieben – oder nein, s müssen mehr gewesen sein; ich glaube, alles in allem müssen wir immer so elf oder zwölf verschiedene Herren und Damen im Verein gehabt haben, wir haben nen Theaterverein aufgezogen, aber Dilettanten, wissen Sie, und wir haben »Charleys Tante« und so ne Stücke aufgeführt, und wissen Sie, ohne daß ich mich selber loben will, ich muß sagen, ich war immer der Beste in der Aufführung – bei mir hat sich immer das Publikum bei den Kirchenvergnügen einfach totgelacht.

Obwohl, andererseits hab ich auch oft drüber nachgedacht, ob ichs als Dramatiker nicht weiter gebracht hätte.

Manchmal, wenn ich die Zeit hatte – natürlich hab ich jetzt für solchen Unsinn keine Zeit mehr; ein Geschäftsmann muß sich konzentrieren und darf seine Ideen nicht verplempern, er muß wirklich, könnt man sagen, seine Kräfte konzentrieren – aber ich hab immer gemeint, ich könnts mal probieren und n Stück schreiben.

Und ich hab auch ne unerhörte Idee fürn dramatisches Komödienstück.

Also der Junge, mein Held, das is n Amerikaner, der reist herum in einem von den rückständigen alten Ländern, wos im ganzen Land kein Badezimmer und kein Stück Eis gibt, aber Großherzöge und so was haben sie mehr, als auf ne Kuhhaut geht.

Also, der Prinz von Wales oder wie er sonst heißt, oder der Ministerpräsident oder was er sonst is, nämlich der Thronerbe, also, gegen ihn is ne Verschwörung, und er wird entführt, und schließlich findet man raus, daß der Amerikaner – er is n junger Mensch; ich wollte nen Journalisten, glaub ich, obwohl Delmerine – meine Tochter – sie meint, s müßt n Flieger sein – also, schließlich stellt sich raus, daß der Amerikaner das leibhaftige

Ebenbild von dem entführten Kerl is, und die glauben, weiß Gott, daß er der is, der fehlt, und da wird er gekrönt!

Und inzwischen is er der höchsten Prinzessin dort vorgestellt worden, und die verliebt sich in ihn, und sie hält ihn auch für nen richtigen Erzherzog oder was er is, verstehen Sie, was ich meine? Aber er will sie nicht heiraten, weil er denkt, daß das ne Gemeinheit gegen sie wäre – Sie sehen, ne ganze Menge Komplikationen und dramatische Probleme und so weiter in der Tonart.

Also, die Idee wissen Sie. S sind ja ne Menge Leute scharf darauf, aber jetzt will ich Ihnen zeigen, wieso mein Stück ganz anders wird:

Die meisten Autoren, wenn sie das Stück schreiben würden, die würden den armen Amerikaner dort in Unida oder Nabisco lassen, oder wie Sie das blöde Königreich sonst nennen wollen. Und das war gegen alle meine amerikanischen Ideale, ganz abgesehen davon, daß es nicht originell wäre. Deshalb will ich folgendes machen:

Er erzählt der Prinzessin, wer er wirklich is, und die beiden pfeifen auf ihre ganze Herrlichkeit und gehen zurück nach Amerika, und er macht sich feste an die Arbeit, und sagen Sie, wär das nicht n erstklassiger dramatischer Kontrast, wie man das so nennt – im zweiten Akt sieht man die beiden dort in dem ausländischen Palast, fabelhaft elegant, mit Wandteppichen und Kristalleuchtern und großen Goldstühlen und lauter so Sachen, aber alles ganz alt – ganz vermodert, wie n Vogelnest ausm vorigen Jahr.

Dann, im letzten Akt, sieht man sie glücklich wie ne Laus im Pelz in nem schmissigen modernen amerikanischen Haus.

Zuerst hab ich gemeint, der Schauplatz müßte der Salong sein, aber vorn paar Jahren hab ich ne ganz neue Idee bekommen. Was is charakteristischer für amerikanischen Luxus als n richtiges Frühstückszimmer? N Frühstückszimmer muß es also sein, und die beiden müssen grade frühstücken.

Also n blendendes modernes sonniges Zimmer mit hübschen hellgelben Vorhängen an den Fenstern, mit nem roten Kachelfußboden und nem Kanarienvogel im Käfig, der sich grade den Hals heraussingt, und auf dem Tisch kann man sehen, daß sie nen neuen automatischen elektrischen Toaströster haben – diese neuen automatischen Dinger, wo man den Toast nicht umdrehen muß, weil er es selber automatisch macht – und ne hübsche funkelnde elektrische Kaffeemaschine, und die beiden sagen grade, daß es wirklich ne großartige Sache is, richtige Maisflocken zu essen und ordentlichen Kaffee und Waffeln und Würstchen und richtigen Vermonter Ahornsirup, wissen Sie, statt dem schrecklichen Fraß, den man in Europa kriegt – Essiggurken und Sauerkraut zum Frühstück wahrscheinlich und lauter so Sachen.

Also und dann kommt der Gesandte von dem europäischen Land, und der sagt, sie wollen, daß der Held zurückkommt – sie wollen ihn ganz bestimmt zum König machen, aber er sagt: »Nee, nicht ums Verrecken – sehen Sie sich bloß um«, sagt er, »und machen Sie die Augen auf, was das hier fürn erstklassiger und ordentlicher solider Kompfor is.« Und so weiter – Sie können sich ja denken, ne Menge Hin- und Herreden.

Und dann, wissen Sie, obwohl ichs selber sage, hab ich nen unerhörten letzten Aktschluß. Grade wie der Gesandte sich heiser redet – da kommt die Amme mit dem kleinen eben gebornen Kind herein.

Aber ich komme ganz von meinem Thema ab, fürchte ich, und wie gesagt, s war dort bei Joe, grade während wir diesen kleinen Imbiß eingenommen haben, dort hat Mack uns die Geschichte erzählt, von der ich angefangen hab, und jetzt werd ich sie wohl erzählen müssen und dann die Fresse halten, damit wir wieder weiterspielen können.

Also, wie ich schon gesagt habe, die drei, der Jude und der Ire und der Engländer, die waren schiffbrüchig auf ner verlassenen Insel, und sonst war niemand gerettet außer dem hübschen Mädel, vielleicht war sie auch ne Missionarin, aber hübsch war sie zum Anbeißen. Am Schiff haben schon alle drei sich an sie ranmachen wollen, aber sie war ganz zurückhaltend und hat nicht mit ihnen reden wollen, aber hier, wo sie alle nur n paar Zelte gehabt haben, konnte sie sie nicht gut über die kalte Schulter ablaufen lassen, wo die doch alles für sie getan haben und so ne Art – ach, ne Mauer oder ne Barrikade haben sie gebaut, oder was das sonst is, was man in den Romanen von Leuten, die auf ner einsamen Insel stranden, immer liest, also was man da um seine Hütte rum aufbaut, um die wilden Tiere abzuhalten, die sie auf verlassenen Inseln immer haben.

Na, sie wird also ganz gemütlich mit allen dreien, aber sie behandelt sie alle ganz gleich, und da sitzen sie einmal in der Nacht, die drei und das Mädel, um das Lagerfeuer, und jeder von den dreien will was sagen, damit das Mädel meint, daß er derjenige is, welcher. (Mein Gott, Mack hätten Sie das erzählen hören müssen!)

Sie sitzen also ums Feuer rum, und da klemmt sich der Engländer das Monokel ein und sagt zu ihr: »Hören Sie, meine Teuerste, ist es nicht ein großartiger Gedanke, daß Sie mit mir ein neues Dominion des guten alten britischen Empire hier in dieser wüsten Gegend gründen könnten –«

Ich kann Ihnen sagen, Sie hätten sich tot gelacht, wenn Sie gehört hätten, wie Mack den Engländer nachgemacht hat – ganz naturgetreu – die Aussprache ganz richtig und auch die Worte und alles. Und dasselbe, wie er den Juden und den Iren nachgemacht hat. Tadellos! Wissen Sie, der Kerl is wirklich n geborener Schauspieler – ganz allein n ganzes Theaterstück.

Aber ich möchte nicht, daß einer von den Herren glaubt, daß Mack nichts weiter is als n Clown. Wissen Sie, wenn eine Zeit des Kummers und der Trauer kommt, können Sie Felsen auf Mack bauen. Dann is er genau so mitfühlend und ernst wie jeder andere Begräbnisunternehmer.

Ich erinner mich, er hat das schönste Begräbnis in Auftrag bekommen, das ich in meinem ganzen Leben gesehen habe – ich sage Ihnen, es war ne Ehre für Zenith (und für Mack) das Begräbnis – ich geh jede Wette ein, daß auch Chicago nie n imposanteres und rührenderes Begräbnis geschmissen hat. Es war n Shriner-Begräbnis, von einem der prachtvollsten Menschen, den Sie sich denken können – Ed. S. Swanson, der große Scheidungsanwalt – also Ed soll nie in seinem Leben ne Scheidungssache übernommen haben, wo er nicht n günstiges Urteil gekriegt hat, obs nun Scheidungsgründe gegeben hat oder nicht; n richtiger eins a-Anwalt, der sich nicht viel ums Gesetz geschert hat – »Das Gesetz werd ich schon machen, Sie zahlen mir bloß das Honorar«, hat er immer gesagt – aber lachend natürlich.

Und außerdem hat er kolossal viel Sinn für das öffentliche Wohl gehabt.

Er war in der Kommission zur Verbesserung der Straßenbahnverbindungen, der wir einige verlängerte Straßenbahnlinien bis zu den Vorstädten verdanken – und obwohl ich glaube, daß Ed auch ne Kleinigkeit dabei profitiert hat, weil er im voraus gewußt hat, welche Vorstädte diese Linien erschließen werden, aber das war doch schließlich nur vernünftig, wenn man die Sache richtig betrachtet – irgendeiner hat doch den Profit machen müssen, nicht? Und das kann auch gar nichts dran ändern, daß er sich für das allgemeine Wohl feste abgerackert hat, und alles ohne einen Cent Bezahlung für seine Dienste, wohlgemerkt.

Und er hat auch zu den Männern gehört, die das meiste dazu getan haben, daß der Erziehungsausschuß eine halbe Stunde Bibelunterricht täglich an jeder Schule vorgeschrieben und durchgesetzt hat, daß jede Schule den Tag mit einem Gebet und dem Singen vom »Sternenbanner« und dem Flaggensalut anfängt.

Ein prachtvoller Mensch – einer von den Männern, die unsere fortschrittlicheren Städte zu dem machen, was sie heute sind. Und im Privatleben, wissen Sie, da war Ed einer der entzückendsten Gastgeber, die Sie sich denken können – der hat Ihnen nen Whisky-Cocktail gemischt, daß Sie ganz einfach alle Sterne gesehen haben, und Witze könnt er so gut erzählen wie Mack selber, beinah ebenso gut.

Na, natürlich mußten die Shriner nem Mann wie Ed n schneidiges Begräbnis liefern, und Mack hats gemacht, und wenn Sie Mack damals gesehen hätten mit dem schwarzen Cutaway, den er angehabt hat, und wenn Sie gehört hätten, wie er mit der unglücklichen Witwe geredet hat, ich kann Ihnen sagen, da hätten Sie gemeint, daß er jeden Augenblick zu heulen anfangen muß. War aber alles bloß gemacht!

Grade wie er so jämmerlich niedergeschlagen ausgesehen hat, daß Sie am liebsten zu plärren angefangen hätten, da kommt er zu mir in meine Ecke und blinzelt mir zu, so komisch, wie Sie sichs gar nicht vorstellen können, und flüstert mir ins Ohr: »Also, heben wir nachher einen, in Gott geliebte Brüder und Schwestern, oder heben wir nicht einen? Ich sage Euch, Shrinergefährten und Angehörige, bei Gott, wir werden einen heben!«

Ja, so n Mensch is er, n richtiger Prachtkerl, und er hat also die Geschichte weiter erzählt, damals in der Nacht, wie die drei mit dem Mädel ums Feuer rumsitzen und der Engländer sagt, wenn das Mädel ihn nimmt, könnten sie ne neue Abteilung des britischen Empire gründen.

Und dann, wenigstens hat Mack es so erzählt, während das Mädel denkt, daß der Engländer gar nicht so übel wäre, da fängt der Ire zu reden an – nehmen wir mal an, er heißt Mike – also Mike fängt an zu reden und sagt:

»Also meiner Treu und bei meiner Seele«, sagt er zu dem Mädel, »meiner Treu und bei meiner Seele, mit Ihren blauen Augen, und so pfiffig, wie Sie sind, meiner Treu«, sagt er, »könnten wir in jedem neuen Reich, daß Sandy da gründet, ne Revolution machen!«

Na, das gefällt ihr auch gar nicht so schlecht, und sie denkt schon, vielleicht kann Mike noch n bißchen besser flunkern und kohlen als der Engländer, und da fängt der Jude zu reden an, und wissen Sie –

Aber zuerst muß ich Ihnen erzählen, daß es dem armen ollen Mack allerhand schwer geworden is, mit seiner Geschichte zu Ende zu kommen. Um die Zeit, nach dem Essen, da hatten wir alle unseren inneren Menschen schon ganz gehörig unter Alkohol gesetzt, und da haben wir ihn die ganze Zeit, während er seine Geschichte erzählt hat, unaufhörlich geflachst und unterbrochen, und Prof Baroot – wissen Sie, er is ja vielleicht n eleganter, erstklassiger Gelehrter, aber er hat genau so viel Pfiff und Schmiß und is genau so n guter Kerl wie irgendwer, den *Sie* kennen, ja, er hat durchaus haben wollen, daß wir, bevor wir uns den Rest von der Geschichte anhören, rausgehen und schwimmen sollen.

Kaum gesagt, schon getan! Jawoll Herr! Genau so!

Runter mit den ollen Hosen und der Wäsche, und rein ins Wasser, und aufgeführt haben wir uns alle – s war grade so viel

Mondlicht, daß wir uns sehen konnten, und aufgeführt haben wir uns, weiß Gott, wien Haufen Schuljungens, wir haben uns mit Wasser angespritzt und gegenseitig getaucht und überhaupt lauter Quatsch gemacht.

Und dann haben wir zu singen angefangen wien richtiges Friseurquartett – bloß waren wir natürlich n Sextett – und wissen Sie, Prof Baroot hat Ihnen vielleicht nen fabelhaften Witz gemacht, über das Wort Sextett, aber den will ich Ihnen erst später erzählen – und wir sind alle splitterfasernackt dagestanden wie Adam (und Menschenskind, da hab ich gesehen, was für nen Spitzbauch der Vergil Gunch hat! Na, vielleicht war ich selber auch nicht gar so schön!) – wir sind also dagestanden und haben gesungen:

O Freude und Glück,
Zu Hause wars nicht so schick,
Jupp Heidi Heida.

Und hundewohl is uns zu Mute geworden bei der Bewegung, die wir gemacht haben.

Ich kann Ihnen sagen, ne ganze Menge Leute, die ja sonst vielleicht in Geschäftsdingen recht gescheit sind, können ganz einfach nicht begreifen und verstehen, wie notwendig Bewegung is.

Einem schreib ich nämlich meinen Erfolg zu und meine Fähigkeit, rasch zu denken und von den geschäftlichen Mühen des Tages ohne große geistige Anstrengung loszukommen: und das is die Tatsache, daß ich mir regelmäßig Bewegung mache. Es gibt kaum einen Tag, an dem ich nicht von meinem Büro in den Zenither Athletic Club zum Lunch geh, und das is hin und zurück nicht weniger als eine Meile, und jeden lieben Sonntag von Mai bis November mach ich entweder ne ordentliche Runde Golf, oder ich fahr in der frischen Luft Automobil.

Also wie gesagt, wir haben alle n schönes Bad genommen, das uns den Kopf wieder n bißchen klar gemacht hat, und dann waren wir bereit für den Rest von Macks Geschichte – über den Schlager, den der Jude dort auf der verlassenen Insel losgelassen hat, nachdem Mike und Seine Lordschaft ihr Pulver verschossen hatten.

Aber ich kann mich drauf besinnen, daß wir noch in der letzten Sekunde, bevor Mack weitererzählt hat, ne Diskussion hatten, die die Herren vielleicht interessieren wird. Jemand hatte zufällig etwas von Ford gesagt, und n anderer, es war Depew LeVie, glaub ich, hat daraufhin Prof Baroot gefragt: »Hören Sie, Doc, ich hab ne richtige wissenschaftliche Frage für Sie. Ford bringt doch jetzt das neue Modell raus; wird es richtig sein, wenn man dieses neue Modell *Klapperkasten* nennt?«

Also ich kann Ihnen sagen, das hat uns in Schuß gebracht. Tatsache, wir haben gekämpft wie ne demokratische Parteiversammlung.

Der eine hat das behauptet, und der andere das, und einer is ironisch geworden und hat gefragt: »Ja, wie *definieren* Sie denn nen Klapperkasten, wenn Sie schon soviel drüber reden?« Und so is es hin und her gegangen, und der arme Mack, ich glaube, s hat ne ganze halbe Stunde gedauert, bis er seine Geschichte weitererzählen konnte.

Also so geht sie weiter.

Der Herr Jude fängt zu reden an und sagt –

Er sagt: »Oioioi«, sagt er zu dem Mädel, »wenn Sie mit mir verheiratet wären«, sagt er, »würden wir – Wir würden –«

Also hören Sie, weiß Gott, das is aber doch komisch, und wenn Sie mich totschlagen, weiß ich nicht mehr, was der Jude gesagt hat, und das is sozusagen die ganze Poëngte von der Geschichte!

Na, is ja egal. Wird mir wahrscheinlich später sowieso einfallen. Auf jeden Fall wars ne verdammt gute Geschichte, und sie hätt Ihnen schon Spaß gemacht, und –

Also, spielen wir doch endlich weiter! *Spielen* wir Poker, oder spielen wir *nicht* Poker!

Dritter Teil.
Du weißt ja, wie die Frauen sind

Und ich sage Dir, Walt, jetzt wo wir endlich in Deiner Bude beisammensitzen und richtig miteinander reden können – und weißt Du, nach allem, was ich gesehen hab, glaub ich wirklich nicht, daß es in Troy n eleganteres Haus in der Größe gibt, und dann bist Du natürlich immer mein Lieblingsvetter gewesen und einer von den wenigen Menschen, auf deren geschäftliches Urteil ich etwas gebe und –

Wenn Dus ermöglichen kannst, mir dieses Darlehen zu geben, wirst Dus nie bereuen. Das Geschäft is wohl in den letzten sechs Monaten nicht ganz so gut gegangen, wie ich ja schon zugegeben habe, aber jetzt, wo ich die Zenither Alleinvertretung für diese neuen Registrierkassen habe – und hör mal, was die Registrierkasse bedeutet, was sie *bedeutet* für den modernen und flotten Geschäftsgang; sie is beinah, könnt man sagen, das Symbol der modernen Industrie, wie das Schwert für den Krieg – jetzt wo ich die habe, kann ich, alles in allem, eine außerordentliche Umsatzvergrößerung garantieren, und ich möchte Dich bitten, meinen Geschäftsbericht mit der größten Sorgfalt zu prüfen.

Selbstverständlich hast Du mit allem, was Du ausgesetzt hast, vollständig recht, und ich werd drüber nachdenken und daraus zu profitieren suchen.

Ich fürchte, ich bin vielleicht wirklich n bißchen zu geschwätzig während der Geschäftszeit und verschwende Zeit und Geld. Und ich geb auch zu, was Du von meiner College-Ausbildung gesagt hast. Es ist vollkommen richtig: ich bin nicht von Amherst weggegangen, weil Papa gestorben is – in Wirklichkeit is er ja erst neun Monate, nachdem ich rausgeschmissen worden bin, gestorben, und es is wahr, ich bin geflogen, weil ich alle Vorlesungen geschwänzt hab, ganz wie Du gesagt hast – obwohl ich meine, daß Du das n bißchen überflüssig aufs Tapet gebracht hast; Du hast mich wirklich fast gekränkt; und ich weiß nicht, ob ich mir das von wem andern hätte gefallen lassen, aber Du warst ja natürlich immer mein Lieblingsvetter –

Weißt Du, ich erzähl natürlich nicht jedem die Version von der Geschichte, weil ich mir nämlich denke, was man nicht weiß, macht einen nicht heiß, und s geht auch keinen Menschen was an.

Aber es is nicht wahr, wie Du so n bißchen angedeutet und gemeint hast, es is nicht wahr, daß ich den Präsidenten Coolidge im College nicht gekannt hab. Es stimmt ja, daß ich ihn ein paar Jahre mit einem anderen aus unserem Jahrgang verwechselt hab, der ihm n bißchen ähnlich sieht, aber vor einiger Zeit hab ich den anderen zufällig getroffen, und jetzt kann ich die zwei ausgezeichnet auseinanderhalten.

Ja, ich weiß noch ganz genau, als obs gestern gewesen wäre, da sind Cal – so haben wir ihn genannt – da sind Cal und ich mal zusammen in die Vorlesung gegangen, und ich hab ihn gefragt: »Cal, alter Junge«, hab ich gefragt, »was heißt Schlacht auf lateinisch?« Und er hat gesagt – er hat gesagt – also, er hat mir gleich das Wort gesagt, ohne rumzureden und lang zu quatschen und um den Katzenbrei rumzugehen.

Aber Du hast recht, ich red n bißchen zu viel. Von jetzt an werd ich mich immer kurz fassen, und Du wirst es nie zu bereuen haben, wenn Du mir dieses Darlehen gibst.

Und ich glaube, daß nicht einmal Du, mit der ganzen tiefen Kenntnis der menschlichen Natur, die Du hast, ganz verstehst, warum und wieso es kommt, daß ich oft so viel rede. Das hat schon seine Gründe. Erstens mal muß ich andauernd in Zenith Reden und Ansprachen halten – Du bist nie dort gewesen und kannst es gar nicht begreifen, aber –

Also, nimm bloß das zum Beispiel. Ich war bei ner Sitzung des Amerikanisierungsausschusses der Zenither Handelskammer, und wir haben über Geburtenkontrolle gesprochen. Also, der Vorsitzende hat durchaus wollen, daß ich eine lange Rede über dieses Thema halte.

»Unsinn, Herrschaften«, hab ich gesagt, »Ihr wißt genau so viel davon wie ich«, aber sie haben weitergeredet und haben sichs nicht nehmen lassen und haben mich nicht losgelassen, bis ich ihnen ne lange Geschichte erzählt hab, bis ich die Argumente dafür und dagegen zusammengezählt und ihnen das Ganze sozusagen n bißchen klargemacht hab. Verstehst Du, was ich meine? Aber Du, Walt, Du denkst Tag und Nacht bloß ans Geschäft, und das is wohl auch praktischer. Aber ich werd in alle diese öffentlichen und wichtigen Gelegenheiten hineingezogen und bekomm so ne Redner- und Philosophengewohnheiten, verstehst Du, was ich meine?

Und dann –

Es is mir fürchterlich, das zu sagen, und keinem anderen Menschenwesen würd ichs so erzählen, Walt, und ich möchte Dich auch bitten, es als streng vertraulich zu betrachten, aber –

Also, worunter meine ganze Lebensart wirklich leidet, das is meine Frau.

Die Frau –

Und es gibt sehr viel, wo ich nur Lob für Muttchen finden kann. Sie meints gut, und so weit ihr Verstand reicht, tut sie alles, was sie für mich kann, aber Tatsache bleibt doch, daß sie mich nicht ganz versteht, und weißt Du, die Art, wie sie mich hetzt und immer wieder Forderungen an mich stellt, also weißt Du, das macht mich ganz einfach verrückt.

Und Delmerine genau so. Die meint auch, der alte Herr is aus Geld *gemacht*!

Und was ich für Muttchen getan hab – ja, und was die moderne amerikanische Wissenschaft getan hat! Denk nur an die Vorzüge von Konserven, von Delikatessenläden, in denen Du jeden Leckerbissen vom Salat bis zum kalten Truthahn kriegst, alles fix und fertig, so daß es sofort auf den Tisch gebracht werden kann; denk an das Bäckerbrot, das Du nicht zu Hause backen mußt. Oder die elektrische Geschirrabwaschmaschine, die das Geschirrwaschen praktisch, könnt man sagen, auf ein Minimum reduziert, und der Staubsauger, und was is das für eine Erfindung! – kein Ausfegen mehr, kein Teppichklopfen – ja, weißt Du, die Prediger können ja von den Mysterien und den ganzen Sachen reden, aber mit dem Staubsauger hat Amerika der Welt wohl *sein* Mysterium geschenkt, das noch dauern wird, wenn die Säulen der Akropolis in bloßen Staub zerfallen sind!

Und dann denk an die modernen Wäschereien mit ihren wunderbaren Maschinen.

Es is ja wahr, sie waschen die Wäsche nicht ganz so gut, wies meine alte Mutter gemacht hat – Tatsache, meine Taschentücher zerfetzen sie ganz einfach, und ich hab immer was fürn erstklassiges, feines Leinentaschentuch übriggehabt. Aber trotzdem, Du mußt die Arbeitsersparnis bedenken.

Ich hab wirklich Muttchen mit allen Erfindungen versorgt, die ihr Arbeit abnehmen, so daß sie nichts weiter zu tun hat, als dem Mädchen zu sagen, was es tun soll, und in den verhältnismäßig seltenen Zeiten, wenn wir kein Dienstmädel haben und sie die Arbeit selber machen muß, kann sie sie im Handumdrehen geschafft haben, könnt man sagen, und dann kann sie sich amüsieren und bilden, weil sie Zeit dazu hat. Fast jeden Nachmittag hat sie Zeit zum Bridgespielen, oder sie kann sich um ihren literarischen Club kümmern, die William Lyon Phelps Buch- und Literarische Gesellschaft für Damen, und ihren Geist bilden.

Also ich selber, ich hab mich ja auch immer sehr um geistige Sachen gekümmert. Natürlich bin ich in Geschichte auf dem laufenden – ich hab die »Weltgeschichte in Umrissen« ganz gelesen, oder wenigstens beinahe ganz, und auch die »Geschichte der Menschheit« von Van Lear, ganz besonders hab ich die Illustrationen studiert. Und natürlich – jetzt bin ich ja vielleicht n bißchen aus der Übung, aber als Junge hab ich Deutsch reden können wie n Eingeborener, könnt man sagen, weil mein Vater mit uns zu Hause oft deutsch gesprochen hat. Und jetzt spezialisier ich mich so n bißchen auf Philosophie. Ich hab n gutes Stück gelesen von der »Geschichte der Philosophie« von –

Mir fällt im Augenblick der Name von dem Professor nicht genau ein, aber darin hat man den ganzen Inhalt der ganzen Philosophie in einem Buch; und obwohl diese Geschäftssorgen mich augenblicklich in der Lektüre unterbrochen haben, werd ich es trotzdem fortsetzen und auslesen.

Aber Muttchen, die kann weiter arbeiten und *meine* ganze Bildung in die Tasche stecken. Erst unlängst hats in ihrem Club nen wunderschönen Vortrag über die Ausgrabung des Grabs vom König Tut gegeben, von einem Herrn, der direkt dort dabei gewesen is natürlich hat er nicht *ins* Grab können, weil da kein Mensch hinein darf außer dem Ausgrabungspersonal, aber er hat den Platz aus erster Hand gesehen, und meine Frau hat ne Menge Ägyptologie von ihm gelernt.

Und dann haben sie nen ganzen Diäten-Kurs gehabt. Da hat sie zum Beispiel gelernt, daß die durchschnittliche Hausfrau mehr Butter zum Kochen braucht, als überhaupt nötig is, daß die Butter dem Essen wohl im ganzen nen etwas besseren Geschmack gibt, aber verhältnismäßig die Kalorjen, oder was das is, nicht vermehrt, und so hat sie eine Möglichkeit zum Sparen gelernt. Und Du lieber Gott, jetzt wo das Benzin und die Golfbälle so teuer sind, muß man doch irgendwo sparen.

Also wie gesagt, sie hat die Möglichkeit, n freies Leben zu führen und sich blendend zu amüsieren, weil ich sie mit allen Bequemlichkeiten des Haushalts versorgt habe. Aber wer hat das bezahlt? Wo is das Geld hergekommen, mit dem das alles bezahlt worden is? Von meiner Mühe und Plage, da is es hergekommen, und glaubst Du, ich kann sie dazu bringen, daß sie das anerkennt? Nicht eine Minute lang!

Den ganzen Tag schuft ich und arbeit ich, um ihr ihren Luxus zu erhalten, und wenn ich dann am Abend ganz ausgepumpt nach Hause komme, richtet sie mich dann auf? O nein!

Ich könnt ebensogut überhaupt keine Frau haben. Und dann, wenn ich ihr klarmachen will, was ich getan hab – wenn ich ihr zum Beispiel erzählen will, wie schwer ich hab arbeiten müssen, um ne neue Rechenmaschine an jemand zu verkaufen, der sie nicht haben wollte und vielleicht auch gar nicht braucht, glaubst Du, sie erkennt das an? O nein!

Im Gegenteil, sie gibt immer an, als ob sie wollte, daß ich Doktor war oder einer von den Leuten, die in den Frauenclubs ihre Vorträge halten oder irgend so was blödsinniges Künstlerisches, und manchmal stellt sie sich tatsächlich hin und sagt, sie wollte, ich könnt pussieren wie einer von den italienischen Grafen oder wien Filmschauspieler!

Sie sagt, ich denk immer nur ans Geschäft und nie an sie. Aber daß sie sich mächtig freut, das ganze Geld, das mir dieses Geschäft einbringt, zu nehmen, das seh ich trotzdem!

Von Anfang –

Also das würd ich keinem Menschen auf Gottes grüner Erde sagen, und verrat um Himmels willen niemals auch nur eine Silbe davon, nicht mal Deiner Frau, aber ich muß seit einiger Zeit immer denken, daß es schon von Anfang an mit Muttchen und mir gar nicht gestimmt hat!

Ich werd ja nie deswegen was unternehmen – obwohl ich ne Freundin in New York hab, wirklich n reizender Käfer und mindestens zwölf Jahre jünger als Muttchen – aber ich halt nichts von Scheidung, und dann muß man ja auch an die Kinder denken. Aber es war von Anfang an gar nicht richtig –

Ich hab in der letzten Zeit ne ganze Menge gelernt. Ich hab Psychoanalyse gelernt und ganz studiert. Weißt Du was von Psychoanalyse?

Also ich weiß, und ich kann Dir nur sagen, das is mal ne Offenbarung. Ich hab fast n ganzes Handbuch darüber durchgelesen. Ein sehr maßgebendes Buch, das eine Dame geschrieben hat, Miss Alexandrine Applebaugh, die eine sehr maßgebende Autorität auf diesem Gebiete ist, weil sie zusammen mit einem studiert hat, der ein Schüler von einem der größten Schüler vom alten Freud war, und dieser Freud war der Mann, der die Psychoanalyse erfunden hat.

Also, jetzt will ich Dir erklären, was Psychoanalyse is. Das is so:

Jeder sollte ein reiches, volles Geschlechtsleben haben, und alles, was die Menschen tun, bezieht sich darauf. Immer wenn einer was tut, dann hat es den Zweck, daß er sich damit sexuell anziehend macht, besonders wenns was Großes und Wichtiges is – ganz egal ob sichs nun um n Bild handelt oder um nen großen Abschluß mit Baustellen in Florida oder um die Entdeckung einer neuen Sonnenfinsternis oder um das Halten von ner Begräbnispredigt oder ums Schreiben von ner großen Reklamesache oder um irgend so was. Andererseits, wenn Leute wie wir wirklich was leisten, dann wollen wir anerkannt werden, und wir haben auch ein Recht darauf, das zu erwarten, und wenn wir zu Hause nicht anerkannt werden, dann müssen wir eben neue Gefährtinnen finden, verstehst Du, was ich meine?

Nur kommt man in so saumäßig viele Verwicklungen und Schwierigkeiten, daß es vielleicht gar nicht praktisch is, selbst bei so nem blendenden Mädel, wie die in New York, von der ich gesprochen hab – das is es wirklich nicht wert.

Und dann kommt in der Psychoanalyse noch ne Menge über Träume vor. Alle Träume bedeuten, daß man ne andere Frau haben müßte – o ja, das is kolossal wichtig, das mit den Träumen!

So, jetzt wirst Du die Psychoanalyse verstehen – oder wenigstens so gut wie alle anderen.

Also wie gesagt, jetzt wo ich die Psychoanalyse beherrsche, kann ich sehen, daß mit Muttchen und mir von Anfang an alles nicht gestimmt hat.

Ich war damals n junger Bursch, eben nach Zenith gekommen, und hab in ner Papier-Engros-Firma gearbeitet und draußen beim Brenner-Park gewohnt, und die Gegend da draußen war damals ganz wie ne Kleinstadt. Ich hab ne Menge nette junge Leute kennengelernt, in der Kirche und so, und wir haben immer getanzt und Picknicks und Schlittenpartien und so gemacht – waren ja nicht sehr feine Sachen, aber hat Spaß gemacht.

Also, Muttchen – ihr Vater war im Dachdeckergeschäft, hat auch für die Zeit damals recht gute Geschäfte gemacht – sie war eines der hübschesten Mädels von allen, aber sie war schrecklich etepetete. Wir haben da n paar Mädels in unserer Gesellschaft gehabt, mit denen man ziemlich frech werden konnte – nichts Unrechtes, verstehst Du, oder wenigstens nur ganz selten, aber trotzdem, wenn man so im Heu beieinander gehockt is auf ner Schlittenfahrt, dann hat man sie bei der Hand halten und vielleicht auch n bißchen auf die Knie tätscheln können.

Aber Muttchen – bei ihr! Nee Herr! Ich kann Dir bloß sagen, sie war so unschuldig und fromm, einmal beim Tanzen, wie ich sie küssen wollte, da hat sie mir ordentlich n paar gelangt!

Und darauf bin ich natürlich reingefallen. Ich hab natürlich geglaubt, sie is n lebendiges Wunder.

Vielleicht, wenn ich damals so viel gewußt hätte wie jetzt, dann hätt ich vielleicht gewußt, daß es gar nicht so schlimm fürn Mädel ist, mit dem man sein ganzes Leben verbringen wird, intim, wenn ich so sagen darf, wenn sie n bißchen was los hat und nicht so verflucht scharf gegen alles wissenschaftliche Knutschen is – in vernünftigen Grenzen mein ich natürlich, verstehst Du, was ich meine?

Na, wir haben also geheiratet, und sie hat nie gekriegt, was sie haben wollte –

Ich meine, sie redet manchmal so rum und meint, bloß weil ich n armseliger gewöhnlicher arbeitsamer amerikanischer Geschäftsmann bin, deshalb is sie nicht richtig warm geworden. Aber Du mein lieber Gott, ich hab ja auch nie ne Aufmunterung gehabt! Ich erwart ja nicht, daß ich noch n Valentino werden kann, aber trotzdem, wie kann ich auch nur anfangen zu lernen, wie ich sie amüsieren soll, wenn sie sich immer benommen hat, als ob sie Angst davor hätte, daß ich versuchen *könnte*, sie zu küssen?

Ich kann Dir sagen, Walt, ich bin n bißchen aus dem Häuschen. Manchmal weiß ich beinah wirklich nicht (aber ich möcht nicht, daß Du das weiter erzählst) ob wir nicht trotz den vielen großen Errungenschaften, die wir in dieser größten Nation der Welt haben, bei uns gibts doch schließlich mehr Autos und Radios und Zentralheizungen und Anzüge und zementierte Straßen und Wolkenkratzer als in der ganzen übrigen Welt zusammen, und mehr tiefe Gelehrsamkeit – Hunderttausende von Studenten studieren Latein und Buchhaltung und Medizin und Haushaltswissenschaften und Literatur und Bankwesen und Schaufensterdekoration – trotz alledem weiß ich manchmal nicht recht, ob im amerikanischen Leben nicht doch was fehlt, wenn man bedenkt, daß man fast nie amerikanische Eheleute sieht, die sich wirklich gern haben und gern zusammen sind?

Ich weiß nicht. Aber ich glaub, das is zu hoch für mich. Ich begreif ganz einfach nicht –

Aber ich komm von meinem Thema ab. Um auf Muttchen zurückzukommen:

Abgesehen davon, daß sie mich scheinbar überhaupt nirgends im Haus brauchen kann, höchstens als das arme Luder, das die Rechnungen bezahlt und die Ente tranchiert und die Heizung in Ordnung bringt und ihr den Wagen aus der Garage rausfährt, damit sie zu ihrer Hennen-Bridgepartie trudeln kann, davon ganz abgesehen streiten wir in der letzten Zeit immer so häßlich rum.

Also, nur ein Beispiel:

Wir haben immer Hunde gehabt, ziemlich lange, seit wir verheiratet sind, und ich hab auch wirklich immer gern n Hund in der Nähe gehabt. Man hat da ne Ansprache, wenn man nach Haus kommt und sonst niemand da is – das Tier sitzt dann da und hört Dir zu, während Du ihm alles mögliche erklärst, und sieht Dich an, als ob ers verstehen würde! Aber so ungefähr vor sechs Jahren, wie wir zufällig grade keinen Hund hatten, da hat jemand Mrs. Schmaltz – Muttchen, will ich sagen – ne wunderschöne teure Katze geschenkt, Minnie hat sie geheißen, nicht ganz reinrassig persisch, glaub ich, aber doch ziemlich reinrassig.

Aber trotzdem, obwohl ich immer anerkannt hab, wieviel Geld sie wert is, leiden hab ich die verdammte Katze nie können!

Weißt Du, wir hatten auch nen Kanarienvogel, nen sehr wertvollen kleinen Kanarienvogel, Dicky, nen richtigen echten Hertzgebirgekanarienvogel, und gescheit – ich sage Dir, s gibt ja Leute, die sagen, daß n Kanarienvogel nicht gescheit is, aber ich will Dir nur sagen, daß der Kanarienvogel mich gekannt hat, und wenn ich beim Käfig gestanden bin, dann hat er genau so gezirpt, als ob er zu mir reden wollte.

Das war n großer Trost für mich, wo ich doch damals keinen Hund hatte – ich wollte nen erstklassigen englischen Setter suchen, aber ich hab keinen finden können um den Preis, den ich zahlen wollte.

Na, also das war ne merkwürdige Sache. Wir haben die Katze gefüttert und gefüttert – ich will gar nicht das ganze Geld zusammenzählen, das wir für Milch und Fleisch für die Katze bezahlt haben – aber trotzdem, sie war drauf aus, sie hat durchaus den armen kleinen Kanarienvogel haben wollen. Immer hat sie sich unterm Käfig rumgetrieben und zu Dicky aufgeschaut, ganz blutrünstig, und einmal, wie jemand (und ich hab doch immer denken müssen, daß Muttchen es selber gemacht hat, und nicht das Dienstmädel) – wie jemand nen Sessel direkt praktisch unterm Käfig hat stehen lassen, da is Minnie auf den Sessel raufgesprungen und hat sich doch tatsächlich alle Mühe gegeben, raufzuspringen und zu dem Käfig ranzukommen.

Natürlich haben Muttchen und ich ne Auseinandersetzung darüber gehabt.

Und dann hat doch das verdammte Katzenbiest nie freundlich sein wollen, wenigstens zu mir.

Ich hab immer zu Muttchen gesagt: »Ja, was tut denn die blödsinnige Katze überhaupt dafür, daß sie zu fressen kriegt? Glaubt sie vielleicht, daß wir bloß in die Welt gesetzt sind, um rumzubummeln und uns zu amüsieren und bei anderen Leuten zu schmarotzen?« hab ich gesagt.

Sie hat nicht auf meinem Schoß sitzen wollen – nee Herr, nicht auf eine Minute. Ich bin so wild geworden auf die Katze, daß ich ihr immer nen ordentlichen Fußtritt gegeben hab, wenn niemand zugeschaut hat, ich hab ihr schon gezeigt, wo sie hingehört, bei Gott – und *doch* hab ich nicht erreichen können, daß sie freundlich wird.

Na, wir haben ne Menge drüber hin und her geredet, über die Katze und den Kanarienvogel, und das eine gibt das andere –

Du weißt ja, wies is.

Und wie ich davon geredet hab, daß ich wieder nen Hund haben will, nee Herr, davon wollte Muttchen nichts hören – sie hat gesagt, n Hund würde ihre winzige, kleine, süße, liebe, eingebildete, kanarienvogelfressende verdammte *Katze* erschrecken. Hat sie gesagt, weiß Gott!

Na, ich hab mir nen Rand genommen und hab mir gedacht, ich muß doch der Herr in meinem eigenen Haus sein, aber – na also, die Sache is so einige Monate in der Schwebe gewesen, und ich hab nichts Besonderes unternommen, um nen Hund zu kaufen, und dann eines Tages –

Ich erinner mich noch ganz genau, als obs gestern gewesen war. Ich war draußen im Club gewesen, da hab ich n bißchen

Golf gespielt – ich weiß noch, ich hab mit Joe Minchin gespielt, dem Maschinenkönig, mit Willis Ijams, unserem führenden – na, wenigstens is er einer unserer führenden Eisenwarenhändler, und mit einem Herrn namens George Babitt, das is der große Grundstücksmakler. Aber nach Hause bin ich ganz alleine gefahren, und ich weiß noch, daß irgendwas nicht gestimmt hat – der Wagen hat immer so n bißchen gebockt – ich könnt nicht recht drauf kommen, was eigentlich los war, und deshalb hab ich den Wagen auf der Straßenseite stehen lassen – s war Spätherbst – und die Haube abgehoben, um rauszukriegen, was los is, und da hör ich auf einmal so n Winseln und Jammern, und ich schau runter, und da is doch, weiß Gott, n hübscher Wasserhund – noch nicht sehr alt, nicht mehr als höchstens, sagen wir zwei, na, oder vielleicht auch eher zweieinhalb Jahre alt, also der sitzt da und schaut mich so rührend an – also, es war einfach rührend. Und die Pfote hat er hochgehalten, als ob er sich verletzt hätte.

»Na, was haben wir denn, alter Junge?« sag ich zu ihm.

Und er schaut mich an, so gescheit – wirklich wahr, ich hab den verdammten Köter gleich gern gehabt. Na, um ein Langes kurz zu machen, ich seh mir seine Pfote an, und soviel ich rauskriegen konnte, hatte er sich mit irgendnem Glasscherben geschnitten – aber nicht schlimm. Zum Glück hatt ich n paar alte, aber saubere Fetzen in der Türtasche vom Wagen, und da hab ich mich aufs Trittbrett gesetzt und ihm die Pfote n bißchen verbunden, und dabei hab ich gemerkt – s war wirklich n feiner, erstklassiger Hund – hab ich gemerkt, daß er gar kein Halsband und keine Steuermarke und kein Garnichts gehabt hat. Und wie ich fertig war, da soll mich doch, wenn der nicht in meinen Wagen gesprungen is, als wenn er dort hingehört hätte.

»Na, was meinst Du denn, wer Du bist?« sag ich zu ihm. »Was willst Du denn, Du alter Straßenräuber«, sag ich zu ihm. »Mir meinen Wagen stehlen? Dem armen alten Pappa Schmaltz haben sie den Wagen gestohlen«, sag ich.

Aber er rollt sich einfach aufm Sitz zusammen und wedelt mitm Schwanz, als ob er sagen wollte: »Du bist n großartiger kleiner Spaßvogel, aber ich weiß schon, auf welcher Seite mein Butterbrot geschmiert ist.«

Na, ich hab die Straße rauf und runter geschaut, und da war nirgends wer zu sehen, der so ausgesehen hat, als ob er nen Hund suchen würde, s waren nur n paar Häuser in der Nähe zu sehen, und wie ich den Wagen so weit hatte, daß er sich wieder christlich benimmt – ich glaube, mit dem Vergaser war irgend was losgewesen – und da bin ich zu den beiden Häusern rangefahren, und *dort* haben sie nichts von keinem verlorenen Hund gewußt, und da hab ich mir gesagt: »Na, da lassen möcht ich den kleinen Jackie nicht –«

So hab ich ihn nämlich genannt, und so nenn ich ihn auch heute noch.

»Ich will ihn lieber nicht hier lassen, damit er überfahren wird«, hab ich mir gedacht, »und wenn wir nach Haus kommen, werd ich inserieren und sehen, ob ich den Besitzer finden kann.«

Na, wie ich nach Haus gekommen bin, war Robby – Du erinnerst Dich doch an meinen Jungen, Walt – na, Robby war ebenso verrückt nach nem Hund wie ich, aber Muttchen hat ihre Bemerkungen gemacht, daß ihre verdammte Minniekatze vor dem Hund Angst haben wird. Aber sie hat erlaubt, daß ich Jackie, das is der Hund, draußen in der Garage behalte, bis ich inseriert hab.

Na, ich hab inseriert und inseriert –

Nee, wenn ich mirs richtig überlege, hab ich wohl nur ein Inserat aufgegeben, ich hab mir nämlich gedacht: »Der Jackie sieht mir aus wien ordentlicher Männerhund, und wenn sich der Besitzer nicht drum kümmert, kann er auch nicht erwarten, daß *ich* die ganze Arbeit tu.«

Also, auf jeden Fall hab ich keine Antwort gekriegt, und wie ne Woche um war, da besinnt sich Muttchen plötzlich und fängt an zu begreifen, daß ich nen Hund da hab, der mit ihrer Katze nicht auf den Fuß brüderlicher Liebe kommen wird – und ob sie recht gehabt hat? Also, wie Minnie das erstemal auf den Rasen rauskommt, räubern, und sich umsieht, ob sie nicht n paar Spatzen umbringen kann, da wirft Jackie, seine Pfote war schon wieder so weit in Ordnung, da wirft er ihr einen Blick zu, und ich kann Dir sagen, Tatsache, Du wärst geplatzt vor Lachen; er hat sie direkt auf unsere Ulme raufgejagt und sie auch nicht wieder runtergelassen.

Na, nachher hats ne höllische Auseinandersetzung mit dem großen Häuptling Frau gegeben, und von der Friedenspfeife war noch nichts zu sehen. Sie holt mich ins Haus rein und von Robby weg, der mich in die Seite getreten hätte, und reitet den wilden Mustang im Salong auf und ab und wirft ihren Tomahawk auf die Opfer am Marterpfahl, als wie ich, und sagt:

»Lowell Schmaltz, und wenn ich Dirs einmal gesagt hab, habe ich Dirs hundertmal gesagt, daß Minnie ne *sehr* empfindliche und feine Katze is, und ich wünsche nicht, daß ihre Nerven durch den Ärger mit allen möglichen schrecklichen Hunden ruiniert werden. Ich verlange, daß Du den rechtmäßigen Besitzer dieses fürchterlichen Hundes findest und ihn zurückgibst.«

»Wen zurückgeben? Den Besitzer?« sag ich und setze mich ganz ruhig nieder und zünd mir ne Zigarre an und geb mir Mühe, so auszuschauen, als war ich sehr lustig, und als könnte sie nichts tun oder sagen, was mich aus der Ruhe bringt. Und natürlich hab ich sie damit gehabt: »Wen zurückgeben? Den Besitzer?« sage ich.

»Du weißt recht gut und ausgezeichnet, was ich meine«, sagt sie. »Und ich verlange von Dir, daß Du den Besitzer von dem schauderhaften Biest sofort findest!«

»Schön!« sage ich. »Selbstverständlich! Natürlich hab ich weiter nichts getan, als im großen Maßstab in der *Advocate Times* inseriert, die bloß ne größere Auflage hat als irgendwelche zwei anderen Zeitungen in diesem Gebiet zusammen – oder so behaupten sie wenigstens, und ich hab mir die Sache angesehen und beschlossen, ihren Zahlen zu glauben«, sage ich. »Aber das is natürlich nicht genug. Gut, ich werde also ganz einfach Jackie untern Arm nehmen und gleich losgehen – wollen mal sehen«, sage ich, »s gibt nur sechshunderttausend Menschen in Zenith und benachbarten Ortschaften in nem Umkreis von zirka achtundzwanzig bis dreißig Meilen ums Rathaus, und ich werd nichts weiter zu tun haben als rumzulaufen zu jedem einzelnen und zu fragen: ›Sie, Herr, haben Sie nen Hund verloren?‹ Weiter werd ich nichts zu tun haben.«

»Also, dann kannst Du das fürchterliche Biest wieder dorthin zurückbringen, wo Dus gefunden hast, und dort lassen«, sagt sie.

»Kann ich, werd ich aber nicht tun«, sage ich – rundheraus. »Ich werd ihn nicht von irgendeinem verdammten blödsinnigen unvorsichtigen Automobilisten überfahren lassen«, sage ich. »Er is n wertvoller Hund«, sage ich.

»Er is schauderhaft – und er is schrecklich dreckig. Ich habe noch nie einen so schrecklich dreckigen Hund gesehen«, sagt sie.

»Ach freilich«, sage ich. »Und natürlich, abgesehen von der bemerkenswerten Tatsache, daß er n Wasserhund is – und Wasserhunde sind, auch wenn sie gegenwärtig nicht so modern sind wie Schnepfenhunde oder stichelhaarige Terrier oder Airedales, ganz einfach dafür bekannt, daß sie die saubersten Hunde sind, dies gibt«, sage ich, »abgesehen davon hast Du vollständig recht.«

»Aber auf jeden Fall brauchen wir keinen Hund«, sagt sie.

Na, ich kann Dir sagen, das hat mich doch n bißchen hoch gebracht.

»Nee«, sage ich, »freilich brauchen wir keinen Hund. Ich wenigstens brauche keinen. Denk doch bloß, was ich hier am Abend zur Ansprache hab. Fein! Die schöne, kostbare teure Katze, die mich aufn Tod nicht ausstehen kann, die nicht bei mir aufm Schoß sitzen will, die sich an Dich hängt, weil Du den ganzen Tag nichts zu tun hast, als zu Haus zu bleiben und sie zu verziehen, während ich in meinem Laden sein und mir ganz einfach den Kopf vom Leibe runterarbeiten muß – um ne verdammte Katze zu ernähren! Ausgezeichnet!!« sage ich.

Aber dann bin ich ernst geworden, und nach n paar Bemerkungen hin und her, was sie alles zu tun hat, den Haushalt führen und sich um meine Kleider und um Robby und Delmerine kümmern – Du weißt ja, wie jede Frau angeben kann, als ob sie wie ne Sklavin arbeiten müßte – dann bin ich ernst geworden und hab gesagt:

»Aber im Ernst«, hab ich gesagt, »wenn Du ernsthaft drüber nachdenkst, was is ein Hund? Was is ein Hund? Was is er anderes als der größte Freund des Menschen? Wer is so selbstlos wie ein Hund? Wer heißt den müden Mann so willkommen – ja, oder auch Frau, wenn sie ihn richtig behandelt – wenn er müde von des Tages Arbeit heimwärts kommt? Ganz zu geschweigen davon, daß sie in vielen Ländern auch ganz praktisch nützlich sind, indem sie Wagen ziehen, und auch als Wächter.

»Du vergißt«, hab ich ihr gesagt, »was für wunderbare Sachen wir von Rintintin im Film gesehen haben. Ja, ich kann Dir sagen, jede Wette könnt ich eingehen, daß das Einkommen von dem Hund höher is als das von irgendeinem Filmautor oder sogar Operateur. Aber ganz abgesehen davon, denk doch nur an einige Hunde aus der Geschichte. Denk nur an diese braven Bernhardinerhunde, die mit kleinen Branntweinfässern unterm Hals angebunden sich hinaus begeben, um Reisende zu retten, die sich in diesem Paß in Deutschland, oder wo das sonst war, verspätet haben – obwohl ich nie begreifen konnte«, das hab ich glatt zugegeben, »warums soviel Reisende gegeben hat, dies riskiert haben, sich im Schnee zu verspäten, daß man n ganzes Heer von Hunden halten mußte, um sie ununterbrochen zu retten. Aber trotzdem, das war in alten historischen Zeiten, und damals wars vielleicht anders als jetzt, und natürlich ohne Eisenbahnen –

»Aber in modernen Zeiten«, hab ich ihr gesagt, »hab ich eine Geschichte gehört, und ich hab sie ganz direkt von jemand, der den Betreffenden gekannt hat, der in der Geschichte vorkommt, und der Betreffende muß Trapper oder Goldgräber oder Schürfer oder irgend so was gewesen sein, auf jeden Fall hat er ne Hütte gehabt ganz weit weg in der Sierra oder irgend so ner anderen Gegend – auf jeden Fall warens hohe Berge, und muß ganz tief im Winter gewesen sein, und seine Hütte war ganz eingeschneit, und die Wege, und Stege und alles war tief unter dem Schnee begraben.

»Also der Mensch muß n Unfall gehabt haben, muß in ne Gletscherspalte gefallen sein oder irgend so was, er hat sich das Bein gebrochen, sehr bös, aber mit großen Schwierigkeiten gelang es ihm, in seine Hütte zurückzugelangen, wo sein treuer Hund, den Namen von dem Hund hab ich nie gehört, auf ihn wartete, und dann bekam er infolge des Unfalls, Fieber, glaub ich, wars, und er lag einfach erschossen da und in großem Leiden und nur von seinem treuen Hund betreut, der natürlich nicht viel zu seiner Hilfeleistung tun konnte, aber er tat sein Bestes, und er war ein kolossal kluger, gescheiter Hund, und der Trapper, oder was er sonst war, dressierte diesen Hund, so daß er ihm ein Streichholz bringen konnte oder einen Schluck Wasser, oder was der arme Teufel sonst brauchte.

»Aber es gab keine Möglichkeit, etwas zum Essen zu kochen – ich brauche wohl nicht erst zu sagen, daß das etwas war, wobei ihm der Hund nicht hilfreich zur Seite stehen konnte – und es wurde immer schlimmer und schlimmer mit dem Trapper, und er war in großen Wehen, und man konnte sehen, daß der Hund sich viel Gedanken darüber machte, was er tun sollte, und eines Tages gibt der Hund, weiß Gott, so ne Art kurzes, abgehacktes Bellen von sich und springt direkt durch das Hüttenfenster, mit dem Kopf voraus, und weg is er – und kein Ton mehr von ihm zu hören.

»Also, der arme Teufel von Trapper, der dachte natürlich, sein einziger Freund hat ihn verlassen, und er bereitete sich aufs Sterben vor, und fast ebenso bitter wie seine Schmerzen war der Gedanke daran, daß er von dem einzigen Freund, den er hatte, verlassen worden war.

»Aber diese ganze Zeit war der Hund keineswegs untätig. Hals über Kopf läuft er und verfolgt die schneebedeckten Spuren, wie von seinem Instinkt geführt, hinunter und hinunter und immer weiter hinunter zu dem weit entfernten nächsten Dorf, und dort kommt er zum Haus des Doktors, wo er vor einigen Jahren schon einmal mit seinem Herrn gewesen war.

»Also, die Tür is nur angelehnt, und der Hund stürzt hinein und winselt an den Füßen des Doktors, der grade beim Essen saß.

»Raus mit Dir – wie bist Du denn überhaupt da reingekommen?‹ sagt der Doktor, der die Situation natürlich nicht begreift, und jagt den Hund hinaus und macht die Tür zu, aber der Hund bleibt dort auf der Türschwelle stehen und winselt und versucht auch anderweitig die Aufmerksamkeit des Doktors auf sich zu lenken, bis die Frau des Doktors zu denken anfängt, da is was los, und vorsichtig lassen sie den Hund wieder rein und wollen ihm was zu fressen geben, aber er zieht nur ununterbrochen den Doktor an den Hosenbeinen und weigert sich, auch nur einen einzigen Bissen zu essen, bis der Doc schließlich sagt: ›Vielleicht werde ich irgendwo benötigt, und wenn ich mirs recht bedenke, sieht der Hund aus wie der Hund, den der Trapper dort oben in den Bergen hatte, als er einmal hierherkam.‹

»Also auf jeden Fall versucht er es – natürlich weiß er genau so wenig wie der Mann im Mond, wo der Mensch wohnt, aber er spannt seinen Schlitten ein, und der Hund läuft ihm voraus und sucht die beste Straße, und sie kommen zu dieser Hütte, die Stunden und Stunden von überall entfernt is, und der Doc geht hinein, und da liegt der Mensch mit dem Fieber und dem gebrochenen Bein in bitterlicher Not. Also, er pflegt ihn und gibt ihm was zu essen und will ihn schon in zivilisierte Gegenden bringen, und dann denkt er plötzlich an den armen Hund, der ihn gerettet hat, und er geht ihn suchen, und da is der arme kleine Köter in eine Ecke gekrochen und tot niedergefallen, zu Tode erschöpft von seinem furchtbaren Wettlauf ums Leben!

»Das können Hunde tun«, hab ich zu ihr gesagt, und dann hab ich ihr noch n paar andere absolut authentische Geschichten von Hunden erzählt, und dann haben wir wieder hin und her geredet, und schließlich und endlich sagt sie, gut; sie wirds erlauben, sie wird sichs gefallen lassen, daß ich den Hund behalte, aber er darf nicht ins Haus kommen, und ich kann ihm ne Hundehütte neben der Garage bauen.

Aber Du weißt ja, wies geht. Einmal bin ich am Morgen zeitig auf und frühstücke ganz allein, und da winselt der Jackie draußen, und ich riskiers und laß ihn rein und geb ihm zu fressen, und da kommt die Katze reinmarschiert wien anglikanischer Pfarrer, der ne Prozession anführt, und Jackie schielt sie einmal an und jagt sie aufs Büffet rauf, und grade in dem Augenblick kommt Muttchen rein und –

Ich kann Dir sagen, ich hätt nicht beim Büffet aufgehört; ich hätt nicht aufgehört, bis ich auf der Spitze vom Turm des Nationalbank-Gebäudes gewesen war. Aber Spaß beiseite, sie hat vielleicht Jackie und mir was zu hören gegeben –

Na, Joe Minchin hatte ne Pokerpartie für den Abend vor, und ich wollte eigentlich gar nicht hingehen, aber Muttchen hat mich beim Frühstück so runtergemacht, daß ich ihr später am Tag sagte, ich werde gehen, und ich bin auch gegangen, und wenn ich die Wahrheit sagen soll, ich hab einen sitzen gehabt, ders in sich hatte – ich kann Dir bloß sagen, ich war einfach reineweg sternhageldick erledigt.

Ich komm also spät nach Haus und bild mir ein, ich bin der Kaiser und die Kaiserin von China in einer Person, und dann wird mir mulmig, und grade wie Muttchen ihren Vorrat an Eigenschaftswörtern bereit gelegt hat und anfangen will, mich für den Katalog der Familienäster zu schildern, da könnt ich nicht länger warten, nee, keinen Augenblick – ich mußt mit Schlagseite zum Becken im Badezimmer steuern, und dort, kann ich Dir sagen, is alles aus mir raus bis auf die Mandeln. Ja!

Na, Muttchen hat sich schrecklich nett benommen. Sie hat mir ins Bett zurück geholfen und mir kalte Umschläge auf den Kopf gemacht und mir schwarzen Kaffee gebracht – bloß hätt *ich* am liebsten nen tüchtigen Zyankali-Cocktail gehabt – und wie ich am nächsten Morgen aufgewacht bin, hat sie bloß so n bißchen gelacht, und da dacht ich schon, mir würde die neunschwänzige Ehekatze verschont bleiben – hab ich tatsächlich gedacht, dabei bin ich mehr als zwanzig Jahre mit ihr verheiratet!

Also, wie mein Kopf nur noch sechs- oder siebenmal so groß is wie sein gewöhnlicher oder Normalumfang und ich zum Frühstück aufstehe, höchstens zwanzig oder zweiundzwanzig Stunden zu spät, und sie noch immer freundlich aussieht und – Gott, was fürn Segen! – noch immer die Klappe zuhält und mir nichts von Rettung erzählt, also, da denk ich, ich bin sicher, und grade wie ich vom Frühstück aufsteh und mir denke, jetzt geh ich in meinen Laden, wenn ich mich noch erinnern kann, wo ich gestern meine Garage gelassen hab, also, da lächelt sie noch freundlicher wie früher und sagt mit so nem hübschen, süßen, kalten Eisschrankton:

»Setz Dich bitte einen Augenblick, Low. Ich hab Dir etwas zu sagen.«

Na –

Ach, ich bin vor dem Feind gefallen. Ich wollte die Barrikaden in einem mutigen Ansturm nehmen wie Douglas Fairbanks. Ich habe ganz kurz gesagt: »Ich weiß, was Du sagen willst«, habe ich gesagt. »Du willst sagen, daß ich heute nacht blau war. Hör mal, das is gar nichts Neues. Das is jetzt schon so alt und wohlbekannt, daß Dus unter den Aufgaben im Arithmetikbuch für die Sexta finden kannst«, hab ich gesagt. »Paß mal auf«, hab ich gesagt, »s war nicht ganz meine Schuld. S war der gottverdammte Schmuggelfusel, den ich bei Joe gekriegt hab. S war alles tadellos gewesen, wenns anständiger Alkohol gewesen wäre.«

»Du warst *ekelhaft*«, sagt sie. »Wenn mein armer Vater und meine arme Mutter nicht tot wären und meine Schwester Edna nicht so verrückt mit ihrer Theosophie, daß niemand mit ihr reden kann, hätt ich Dich schon vor Tagesanbruch verlassen, das kann ich Dir sagen.«

Na, da bin ich aber doch wild geworden. Ich bin ja nicht sehr jähzornig, das weißt Du, aber nach ungefähr zwanzig Jahren wird diese Sache mit dem Verlassen-drohen doch n bißchen blöd.

»Schön«, hab ich gesagt. »Du redest ja immer so viel davon, was Du alles von Kleidern verstehst, es wird mir ein Vergnügen sein, Dir ne Empfehlung an einen von den Bonzen bei Benson, Hanley und Koch zu geben«, hab ich gesagt, »und wahrscheinlich werden sie Dich zur Einkäuferin in der Damenkleiderabteilung machen«, hab ich gesagt, »und dann brauchst Du nicht so nen Gorilla von Ehemann zu fressen wie mich.«

Und da sagt sie, gut, bei Gott, das will sie tun!

Und wir reden hin und her, und ich entschuldige mich n bißchen, und sie sagt, sie hats nicht so gemeint, und dann kommen wir endlich richtig zur Sache.

»Aber trotzdem«, sagt sie, »ich will den Hund nicht wieder im Haus haben! Du denkst aber auch nie an mich. Du redest so viel von Deinen lieben alten Freunden, wie von dem schauderhaften Joe Minchin, aber Du denkst nie auch nur eine Sekunde lang an das, was ich brauche oder gern hätte. Du weißt nicht einmal, was das Wort ›Rücksicht‹ heißt.«

»Schön, ich kann ja im Wörterbuch nachsehen«, sag ich.

»Und weil wir schon von *Rücksicht* reden«, sag ich, »wie ich gestern abend weggegangen bin, hab ich gemerkt, daß Du meinen Rasierapparat benutzt und nachher nicht sauber gemacht hast, und ich habs eilig gehabt, und Du hast ganz vergessen – weiß Gott«, sage ich, »wie ich noch n Junge war, da hat n Mann seine Sweater für sich gehabt, ohne daß seine Frau oder Schwester sie ganz ruhig für sich benutzt hat, und er hat sein Rasiermesser für sich gehabt, und er hat seinen Friseurladen für sich gehabt —«

»Ja, und seine Kneipen hat er für sich gehabt, und die hat er auch noch jetzt«, wirft sie mir an den Kopf. »Und Du redest von Vergessen! Du vergißt nicht bloß an mich«, sagt sie, »wenn Du Dich vollsäufst, und es handelt sich auch nicht nur um das schlechte Beispiel, das Du Deinen Kindern gibst, es handelt sich darum, wie Du an die Kirche und an die Religion vergißt«, sagt sie.

»Selbstverständlich bin ich ja nur Diakon in der Kirche«, sage ich. So ironisch, weißt Du.

»Ja, und Du weißt recht gut und ausgezeichnet, daß Du den Posten nur genommen hast, weil Du so an die frommen Leute ran kannst, und jeden Sonntag, den Du kannst, machst Du Dich dünn und spielst Golf, statt in die Kirche zu gehen. Und damals an dem Vormittag, wie Dr. Hickenlooper von der Zentral gekommen is und für uns gepredigt hat – damals, wie der arme Dr. Edwards krank war und nicht selber predigen konnte —«

»Krank? Hat sich was mit krank«, hab ich ihr gesagt. »Er hat bloß Halsweh gehabt, weil er auf ner Vortragstournee gewesen war und in allen möglichen Frauenclubs das Maul weit aufgerissen hat, um n bißchen Extrageld zusammenzukratzen, statt zu Hause zu bleiben, wie sichs gehört hätte, und sich um seine Arbeit zu kümmern.«

»Das hat gar nichts mit der Sache zu tun«, sagt sie, »und auf jeden Fall bist Du, statt Dr. Hickenlooper zuzuhören, wie Du hättest sollen, mit noch n paar anderen Diakonen draußen im Kirchenvorraum geblieben.«

»Ja, da is schon was dran, an dem, was Du sagst«, hab ich ihr gesagt. »Hickenlooper is n Prachtkerl. Er hält sehr viel von Nächstenliebe – vorausgesetzt, daß n reicher Mann das Geld für die Nächstenliebe liefert. Und ich glaub auch nicht, daß er in seinem ganzen Leben schon ne Zigarre geraucht oder n Schluck Alkohol getrunken hat. Er is eine Zierde der methodistischen Geistlichkeit. Allerdings brüllt er mit seiner Frau und seinen Kindern ununterbrochen rum, und allerdings quält er seine Sekretärin den ganzen Tag lang, aber einem Mann, der für den Herrn arbeitet, kann man keinen Vorwurf draus machen, wenn er vielleicht n bißchen nervös is. Wirklich, nur eines stimmt nicht ganz bei dem frommen Mann – er is der schlimmste und unverschämteste Lügner in Zenith und Umgebung!

»Ich hab ihn gehört, wie er von Sachen, von denen ich weiß, daß er sie in Büchern gelesen hat, weil ich die Bücher gesehen hab, wie er von den Sachen wie von eigenen Erlebnissen geredet hat. Und da hast Du ne Geschichte, die uns unser eigener Pastor, Edwards, erzählt hat. Hickenlooper muß ihn mal an einem Montagvormittag vor unserer Kirche getroffen haben, und da sagt Hickenlooper: ›Also, Dr. Edwards, mein Schwager hat Sie gestern predigen gehört, und er sagt, das war die beste Predigt, die er in seinem ganzen Leben gehört hat.‹

»›So, das freut mich‹, sagt Doktor Edwards, ›aber zufällig habe ich gestern gar nicht gepredigt.‹

»›Ich schneid ja wohl auch ganz gern auf«, sag ich zu Muttchen, »und sonst bin ich bloß n einfacher Geschäftsmann, während Hickenlooper bei Chautauqua-Versammlungen und in Colleges und bei Methodistenzusammenkünften Reden hält und Artikel für die Magazine und entzückende Bücher schreibt, darüber, wie intim er mit dem lieben Gott und den Sonnenuntergängen is, aber das kann ich Dir sagen, wenn der fromme Lügner wüßte, was so n armseliger, gewöhnlicher Geschäftsmann wie ich wirklich über ihn denkt, und was er so privat über ihn sagt, dann würde er in eine Wüste abhauen und nie wieder ne Lippe riskieren!«

Na, ich kann Dir sagen, da is Muttchen hochgegangen – aber glaub ja nicht auch nur einen Augenblick lang, daß sie mich so ganz ohne Unterbrechungen hat reden lassen, Walt, bloß hab ich die weggelassen. Und was ich eben von dem Kerl, dem Hickenlooper, gesagt hab – er sieht aus wie n Preisboxer und redet wien Zirkusausrufer, und lügen kann er wien Politiker – das war alles richtig, und das hat sie auch gewußt. Ich hab ja auch schon n bißchen gelogen, aber ich hab nie nen Zirkus mit drei Rängen draus gemacht wie er. Aber Muttchen hat so n bißchen ne heimliche Bewunderung für ihn, wahrscheinlich weil er groß und stark is und alle Kinder abschleckt und jeder Frau was Nettes sagen kann. Und dann is sie auf mich losgegangen, und was sie mir dann erzählt hat – na!

Sie hat gesagt, ich unterstütz Robby bei seinem Rauchen. Sie hat gesagt, ich benütz nie nen Aschenbecher – ich streu immer die Asche im ganzen Haus herum – und da hat sie mich leider gehabt. Und sie hat gesagt, sie hat genug davon, daß meine Freunde immer im ganzen Haus sind, und ich hab mit ihr geschimpft, weil sie mit denen immer so von oben runter is, und dann hat sie mir was davon erzählt, daß ich zu schnell fahre, und darauf hat sie wieder ne Antwort von mir gekriegt –

Und so weiter.

Und das is ganz einfach typisch fürn paar häusliche Direktoriums Sitzungen, die wir gehabt haben, und jetzt hängt mirs wirklich schon zum Hals heraus.

Aber ich werd wohl auch nicht besser sein als sie.

Aber den kleinen Jackie hab ich doch behalten!

Aber mir hängt eben die ganze Sache zum Hals heraus –

Natürlich is Muttchen, verstehst Du, n reizender Kerl, wie man sichs nur wünschen kann, zwischen den Anfällen, die sie hat. Damals, wie wir hier waren und Dich besucht haben und dann weitergefahren sind und unser langes Gespräch mit Coolidge in Washington hatten, damals war sie die ganze Zeit sehr nett. Aber s wird mehr und mehr –

Hör mal, ich weiß eigentlich nicht, ob ich Dir davon überhaupt erzählen sollte, aber das Mädel in New York, von dem ich gesprochen hab – also eigentlich is sie ja gar kein Mädel mehr, aber sie is erst einunddreißig, und das is siebzehn Jahre jünger, als ich bin – Erica heißt sie, und weißt Du, sie is eine der talentiertesten kleinen Frauen, die ich in meinem ganzen Leben gesehen hab.

Von Rechts wegen müßte sie ja wohl ne weltberühmte Porträtmalerin sein, aber sie hat immer so verdammtes Pech gehabt, und jetzt arbeitet sie seit ein paar Jahren für die Pillstein-und-Lipshutz-Weihnachts- und-Osterglückwunschkarten-Gesellschaft, wo ich immer meine Glückwunschkarten kaufe. Natürlich bin ich eigentlich kein Papiergeschäft und mach nur in Büroartikeln, aber trotzdem, in den Feiertagszeiten, da bin ich der Ansicht, da bringt es Stimmung ins Geschäft, wenn man sich hübsche Karten hinlegt, und was man dran verdient – ich kann Dir sagen, s bringt n paar Hundert im Jahr.

Na, Erica zeichnet ne Menge Karten – n lausig kluges, intelligentes Mädel is das – sie macht die Zeichnungen und die Gedichte und alles. Übrigens hast Du ja wahrscheinlich schon n paar von ihren Karten gesehen. Sie hat die berühmte Karte verfaßt, die so groß verkauft worden is – die mit den zwei Kindern, die sich vor ner alten Schule die Hand geben, und dazu ne Menge Palmenzweige und so weiter, und das Gedicht:

Mein teurer Freund, in dieser kalten Jahreszeit
Verliert die Liebe nichts von ihrer Herzlichkeit;
O nein, mitnichten wird sie kälter oder ärmer,
Im Gegenteil, nur reicher wird sie und noch wärmer.

Recht lange ists schon her, daß wir als kleine Jungen
Im Sommer und im Winter sind umhergesprungen;
Recht lange ists schon her, daß wir uns hab'n gesehen,
Doch unsere Freundschaft nie und nimmer soll vergehen.

Ich kann Dir sagen, Du würdest staunen, wie viele von den Karten ne Menge hart gekochte alte Geschäftsleute kaufen, um sie Leuten zu schicken, die sie jahrelang nicht gesehen haben. Ich kann Dir bloß sagen, der Manny Pillstein is n Genie. Natürlich gibts Glückwunschkarten schon lange, aber er war der erste, der das Geschäft auf ne wissenschaftliche Basis mit großer Reklame in der ganzen Union gestellt und diese ganze Feiertagsbereitschaft zum Guten normalisiert und fordisiert hat, so daß was draus geworden is. Er soll das Geschäft um zehntausend Prozent vergrößert haben – also praktisch zu so was gemacht, wie der Kolonialwarengeschäftsring oder sogar der Muttertag is.

Also, dort hab ich Erica kennengelernt, und ich war ganz allein in New York, und ich hab sie zum Dinner eingeladen, und ich hab ihr n hübsches kleines Essen mit ner Flasche echten Original-Chianti gestiftet. Na, wir sind ins Reden gekommen und haben uns unsere Ideen erzählt und so, und dabei hat sich rausgestellt, daß das arme Wurm in New York so ziemlich ebenso einsam war wie ich.

Und dann bin ich jedes Mal, wenn ich ins große Nest gekommen bin – allein gekommen bin – mit ihr zusammen gewesen und –

Ich muß Dir aber sagen, unsere Beziehungen waren immer so rein wie frisch vom Himmel gefallener Schnee. Vielleicht hab ich sie mal in ner Taxe geküßt, oder irgend so was, und wenn ich die Wahrheit sagen soll, ich weiß ja nicht, wie weit ich gegangen wäre, wenn ich sie nach Atlantic City oder so wo hin gebracht hätte, aber Du mein lieber Gott, bei meiner Stellung und meiner Verantwortlichkeit, finanziell und gesellschaftlich, wollt ich mich in kein Gedränge einlassen. Wenn ich die Wahrheit sagen soll (und das würd ich keiner lebendigen Menschenseele außer Dir erzählen) einmal bin ich am Abend in ihre Wohnung rauf – aber auch nur dieses einzige Mal! Und dann hab ich nen Bammel gekriegt und hab sie immer nur im Restaurang gesehen.

Aber was für Gründe auch dahinter liegen, unsere Beziehungen waren ganz und ausschließlich freundschaftlich und geistig, und weißt Du, was sie mir gesagt hat?

Wie ich ihr gesagt habe, was ich von ihrer Arbeit halte – und für mich, und das hab ich ihr auch gesagt, is sie die größte Glückwunschkartenkünstlerin im ganzen Land – sie hat mir gesagt, daß meine Anerkennung sie kolossal ermuntert und angespornt hat, weiter und aufwärts zu schreiten zu schönerer und besserer Kunst wie früher! Und ich muß Dir auch sagen, mich hat auch noch nie etwas so gefreut, wie ihre Anerkennung für meine Anerkennung. Zu Haus aber –

Wenn ich Muttchen sagen will, daß sie gut Bridge spielt, oder daß ich finde, sie hat n elegantes neues Kleid an, oder sie hat irgendn Lied bei irgendner Kirchenveranstaltung wirklich hübsch gesungen oder so was, dann sieht sie mich bloß an, als ob sie sagen wollte: »Wer hat denn Dir erzählt, daß *Du* n Kenner bist?«

Ach Gott, ich glaube, wir werden ja weiter machen, immer genau so weiter, aber wenn ich jünger wäre –

Na, ich bins nicht!

Na, Walt, ich glaube, s wird schon spät und Zeit für uns zum Schlafengehen – Du mußt morgen früh in Deinem Büro sein, und ich werd wohl mit dem zwölf Uhr achtzehn nach Haus fahren, wenn ich nen Pullman kriegen kann.

Es war n kolossales Vergnügen für mich, daß wir so offen miteinander reden konnten. Selbstverständlich werd ich Deinen Rat befolgen. Ich werd mir Mühe geben, mich zurückzuhalten und nicht soviel zu reden und zu schwätzen – Du wirst ja auch gemerkt haben, daß ich heute abend beim Essen kaum ein Wort gesagt und bloß Deiner lieben Frau zugehört hab. Na selbstverständlich. Ich hab meine Lektion gelernt. Ich werd mich auf den Warenverkauf konzentrieren und nicht ununterbrochen über alle möglichen Sachen und Themas reden.

Und ich hoffe stark, daß Du Dir meine Aufstellung sehr genau durchsiehst und es möglich machst, mir das Darlehen zu geben.

Du weißt doch noch, daß ich immer zu Dir gekommen bin. Kannst Du Dich noch dran erinnern, wie ich den einen Monat mit Euch Jungs auf der Farm bei Deinem Großpapa war, damals wie wir so ungefähr zwölf Jahre alt waren?

Herrgott, was waren wir damals lustig! N richtiges Idyll, könnt man sagen, wie man es jetzt in diesen späteren automobilbefahrenen und weniger poetischen Jahren nicht mehr finden kann. Weißt Du noch, wie wir dem alten Farmer damals die Melonen gestohlen haben und dann, wie er Krach gemacht hat, zurückgegangen sind und den ganzen Rest zertrampelt haben? Weißt Du noch, wie wir in der Kirche den Wecker versteckt haben, der dann während der Predigt losgegangen is? Weißt Du noch, wie wir das Sprungbrett eingefettet haben, daß der Irenjunge ausgerutscht is und sich fast das Genick gebrochen hat? Herrgott, hab ich damals lachen müssen!

Ach ja, das waren schöne Zeiten, und wir zwei haben uns immer verstanden, Walt, und vergiß auch nicht, daß es keine Firma auf der ganzen Welt gibt, die Dir bessere Sicherheiten für das Darlehen geben könnte.

Vierter Teil.
Du weißt ja, wie Verwandte sind

Na, weiß Gott, s is schön, wenn man wieder zu Hause is. Wie is alles gegangen, Muttchen? Sag mal, wie hat Deine Bremse funktioniert? Das is schön.

Was? Ja, klar, ich bin ziemlich sicher, daß Walt mir das Darlehen geben wird. Aber Du weißt ja, wie Verwandte sind. Ich konnte sehen, daß er ganz wild drauf war, n Darlehen auf Grund einer Sicherheit, wie ich sie ihm geben kann, unterzubringen, aber er hat natürlich versucht, so zu tun, als ob er nicht recht wollte, und ich hab nen ganzen Abend rumsitzen und mir anhören müssen, wie seine Frau und er gequatscht haben.

Herrgott, was redet die Frau zusammen, und weißt Du, Walt is auch nicht viel besser. Er hat mir durchaus alles von ner Angelpartie erzählen müssen, die er gemacht hat, und das hat mich natürlich gar nicht interessiert –

Und komisch – weißt Du, einen so neugierigen Menschen wie Walt hab ich noch nie gesehen, aber Du weißt ja, wie Verwandte sind. Mein Gott, was hat er alles gefragt, und die Andeutungen, die er gemacht hat! Er hat wissen wollen, ob wir zwei, Du und ich, ob wir uns schon mal gestritten haben oder nicht –

Also, Du brauchst bloß ein Beispiel zu nehmen. Ich hab zufällig irgend was von Jackie gesagt, und da fragt er doch: »Erlaubt Dir Muttchen, daß Du ihn im Hause hältst?«

Na, ich hab ihn nur angesehen, und dann hab ich gesagt, n bißchen kühl: »Muttchen und ich, wir sind beide der Ansicht, daß das Haus kein Aufenthaltsort für nen Hund is, schon wegen ihm selber, und daß ers viel besser hat, wo er is, draußen in ner Hundehütte bei der Garage.«

Und über eine Sache bin ich beinahe wild geworden. Er hat mich gefragt: »Sag mal, bei den vielen Reisen, die Du nach New York machst, hast Du Dir da nie was Nettes fürs Herz aufgezwickt?«

Also, ich hab ihn bloß angesehen, ganz ruhig, und dann hab ich gesagt: »Walt«, hab ich gesagt, »ich hab nie einsehen können, daß ein Mann, der mit der nettesten kleinen Frau verheiratet is, die Gott geschaffen hat, es notwendig haben soll, andere Frauen auch nur anzuschauen. Ein solcher Mensch«, hab ich gesagt, »muß natürlich alles Schöne, was er in sich hat, für die eine Frau aufheben, die ihm versprochen hat, sein Schicksal zu teilen und ihn glücklich zu machen.«

Und Du kannst Dir auch merken, daß ich das Walt gesagt hab – Du machst doch manchmal so Andeutungen, ob ich nicht Mädels zum Dinner einlade, wenn ich in New York bin.

Und was ich Walt wegen Jackie gesagt hab, der Deibel soll mich holen, wenn ich einsehen kann, warum Du auch nicht ein einziges Mal die Katze in die Küche sperren und Jackie ins Haus lassen kannst. Aber worauf ich hinaus will: ich wollte, Du hättest dabei sein und zuhören können, wie ich mit Walt über Dich gesprochen hab. Wenn Du wüßtest, wie manche Männer über ihre Weiber klatschen –

Aber lassen wir das. Ich will Dir bloß von der Fahrt erzählen.

Ich hab den Zug richtig bekommen, s waren noch drei Minuten Zeit, und hab im Speisewagen gegessen – s Essen war gar nicht so schlecht – ich weiß noch, ich hatte Gemüsesuppe und Brathuhn mit Bratkartoffeln und nachher Mais und n Stück Apfelkuchen mit Schlagsahne – hör mal, Du müßtest doch mal den lettischen Trampel dazu kriegen, daß sie mal ihre faulen Arme in Bewegung setzt und n bißchen Schlagsahne für uns macht – mein Gott, was glaubt denn das Mädel, wofür wir ihr fünfundsechzig gute Dollars im Monat zahlen! – und dann bin ich in den Clubwagen rübergegangen und hab mich niedergesetzt, um ne Zigarre zu rauchen, und dabei bin ich mit einem Herren ins Gespräch gekommen, und der hatte ein Buch gelesen über »Mikrobenjäger« und hat mir ne ganze Menge über Bazillen und Bakterien erzählt.

Hast Du gewußt, daß Bakterien sich mit ner Geschwindigkeit von – ich glaube, s sind zehntausend in der Stunde – nee, eine Million in der Stunde is es, wenn ich mich recht erinner; auf jeden Fall vermehren sie sich mit ner Geschwindigkeit, daß Du einfach platt sein würdest, und weißt Du, das is die Erklärung für ne Menge Krankheiten.

Ja, mit dem Herren bin ich ins Gespräch gekommen, er is Rechtsanwalt, glaub ich, und wie er erzählt hat, daß er aus Brainerd, Minnesota, is, da hab ich ihn gefragt, ob er nicht zufällig Alec Duplex aus Saint Cloud, Minnesota, kennt – Du weißt doch noch, der Herr, den wir in Kalifornien kennengelernt haben – und schließlich stellt sich tatsächlich raus, daß der Herr n Vetter zweiten Grades von Alec is. Das is doch allerhand!

»Na«, hab ich da zu ihm gesagt, »die Welt is doch ziemlich klein, nicht?«

Ja, und so gegen neun Uhr dachte ich, ich könnt in die Klappe kriechen und versuchen zu schlafen – obwohl, das is ne komische Sache mit mir; ich weiß nicht, ob ich Dirs schon gesagt hab, die erste Nacht kann ich im Schlafwagen kaum schlafen; aber ich dachte mir, ich kann mich hinlegen und s probieren, und dann zeigt sich, daß der Porter mein Bett schon gemacht hat und so steig ich aus meinen Kleidern raus und zieh die Uhr auf und kriech ins Bett –

Aber ich will nicht alle Einzelheiten von der Fahrt erzählen – s war weiter nichts besonders Interessantes außer dem merkwürdigen Zufall mit dem Herrn, Mr. McLough hat er geheißen, der n Vetter von Alec Duplex is, aber weißt Du, eines muß ich doch noch erzählen:

Morgens beim Frühstück dacht ich mir, ich könnt doch mal n paar Buchweizenkuchen essen, und da sag ich zum Kellner: »Na, ich möcht mal n paar Buchweizenkuchen haben«, sag ich, »mit Sirup.«

»Bedaure, der Herr, wir haben heute leider keine Buchweizenkuchen«, sagt er.

»Sie haben keine Buchweizenkuchen?« sage ich.

»Nein, heute früh sind keine Buchweizenkuchen da«, sagt er, »aber wir haben Maiskuchen.«

»Na«, sage ich zu ihm, »wenn Sie keine Buchweizenkuchen haben –«

Fünfter Teil.
Reisen ist so bildend

Also, Mrs. Babbitt, ich muß Ihnen sagen, und ich weiß, ich kann das auch im Namen von Mrs. Schmaltz tun, daß uns noch nie n Dinner besser geschmeckt hat – und das war so ziemlich das feinste Brathuhn, das mir in meinem ganzen Leben über die Zunge gekommen is – und es is mir wirklich n außerordentlich großes Vergnügen, daß ich diesen friedlichen Abend mit Ihnen und George haben kann. Ich persönlich, mich freuts, daß der Reverend und seine Frau nicht kommen konnten. Ich verehre den Reverend Hickenlooper ebenso wie irgendn anderer – wie Sie sagen, s gibt wahrscheinlich keinen Menschen, der einen größeren Einfluß auf das christliche Mannestum in Zenith hat – aber s is kolossal nett, daß wir so friedlich mit Ihnen und George plaudern können.

Und jetzt, George, die Fahrt zum Yellowstone-Park, wegen der Sie sich erkundigt haben.

Ich weiß nicht, ob ich nem alten, erfahrenen Langstreckenautomobilisten wie Ihnen behilflich sein kann, mit Ihrer reichen Erfahrung, obwohl ich nie der Meinung war wie Sie, daß man bei steilem Bergabfahren nicht in den niedrigeren Gang gehen soll, aber im Langstreckenfahren sind Sie mir wohl über, und ich hab oft zu Mrs. Schmaltz gesagt – nicht wahr, Muttchen – um eines beneid ich George F. Babbitt entschieden, und das is, wie er einmal dreihundertsechzehn Meilen in einem Tag gemacht hat, von morgens bis Mitternacht. Aber ich bild mir nicht ein, diesen prachtvollen physischen Leibesbau zu haben wie Sie, und ich bin nie imstande gewesen, mehr als zweihundertneunundachtzig Meilen in einem Tag zu machen, wenn ich mich dabei, wenn ich so sagen darf, freuen soll und spüren, daß ich mich erhole.

Aber trotzdem, es wird mir n kolossales Vergnügen sein, Ihnen mit jeder Auskunft zu dienen, die Ihnen vielleicht auf Ihrer Fahrt, wenn Sie sich entschließen, sie im nächsten Sommer zu machen, dienlich sein kann, also Ihnen jede Auskunft zu geben, wenn Sie sie dienlich finden.

Also ich persönlich, ich bin nicht ganz bis zum Yellowstone-Park gekommen. Wissen Sie, es is doch komisch, wie viele Leute in dieser Männerstadt meinen, ich bin von Zenith bis ganz bis zum Yellowstone-Park gefahren. Ich hab nie etwas Derartiges behauptet.

Allerdings, wie ich damals meine kleine Ansprache im West Side Bridge Club über meinen Ausflug hatte, da hat man sie – und kurz hat auch in der Spalte Nachrichten von der West Side der *Evening Advocate* drüber geschrieben – da hat mans also so aufgefaßt, als ob ich bis zum Yellowstone-Park gekommen wäre.

Aber s war keine Fahrt bis ganz bis zum Yellowstone-Park. In Wirklichkeit, und ich war immer der erste, das zuzugeben, bin ich gar nicht bis ganz bis zum Yellowstone-Park gekommen, sondern nur bis zu den Schwarzen Bergen in Nord-Dakota.

In Wirklichkeit wollt ich auch nicht nur die landschaftlichen und landwirtschaftlichen Wunder von Minnesota und Wisconsin und Dakota und so weiter sehen, sondern Muttchen hat einen Schwager – ich bin sicher, Mrs. Schmaltz wird entschuldigen, daß ich von Familienangelegenheiten rede, vor so alten Freunden wie Sie beide – sie hat diesen Schwager, der Unglück gehabt hat, und einer der Zwecke unserer Reise war, dorthin zu kommen und zu sehen, ob wir ihm behilflich sein könnten, ihm aus seinen Schwierigkeiten herauszuhelfen – ja, wissen Sie, der arme Teufel war in solchen Schwierigkeiten und Nöten, daß er tatsächlich Geld borgen mußte, um sein Geschäft fortführen zu können, er is in der Apotheken- und Papierwarenbranche. Also wissen Sie –

Ein ganz prachtvoller feiner Herr is er, und seine Frau is eine kolossal gescheite und gebildete kleine Frau. Sie ist auf das *Ladies' Home Journal* abonniert und liest es jeden Monat ganz durch. Und der arme alte Lafayette – so heißt nämlich der Schwager von Mrs. Schmaltz – hat ne ausgezeichnete Erziehung genossen; er hat nicht nur ein pharmazeutisches College absolviert und seine Prüfungen gemacht, er hat außerdem das Buchhaltungswesen in Briefen studiert. Aber irgendwie hat er nie was aufstecken können. Ich glaube, er is n bißchen n

Träumer. Gleichzeitig mit seiner ersten Apotheke hat er auch eine Vertretung für die Florida Palmen- und Orangenbaum-Umpflanzungsgesellschaft übernommen, aber in Dakota hat er kaum ne einzige Palme absetzen können – die schwedischen Farmer sind ja vielleicht ganz tadellos als Farmer, aber auf der kulturellen Höhe von Palmen sind sie vorläufig noch nicht. Und dann später in einer anderen Stadt is er in Kompanie gegangen mit einem Herren, der Petroleum gefunden hatte, und außerdem wollt er auch ne Heizungsfabrik aufmachen –

Und wissen Sie, die Idee war nicht mal so schlecht, wie sie sich angehört hat. Selbstverständlich, das war ne Stadt, wos gar kein Eisen und gar keine Kohlen in der Nähe gegeben hat, und die Eisenbahnverbindungen waren auch nicht sehr gut, aber trotzdem, s war höllisch kalt – entschuldigen Sie, Mrs. Babbitt – s war schrecklich kalt im Winter, und wo braucht man schließlich mehr Heizungen als dort, wos kalt is? Aber trotzdem, die Sache is nicht richtig in Schuß gekommen. Schließlich hat sich rausgestellt, daß in dem Petroleumfeld gar kein Petroleum war, und die Heizungsfabrik konnte irgendwie nicht mit dem Trust konkurrieren, und so hat der arme alte Lafayette sein Geld fast ebenso schnell verloren wie verdient.

Also, wie wir rausgefahren sind, um ihn aufzusuchen –

Sie wissen, wie das Unglück den Gerechten mit dem Ungerechten heimsucht, und ich kann Ihnen sagen, grade damals waren der arme Lafe und seine Frau so schlimm dran, daß sie nicht mal n Automobil hatten!

Und ihr Radio war so alt und so billig, daß sie kaum Minneapolis kriegen konnten!

Also, daran können Sie ja sehen, wie elendiglich arm und vom Unglück verfolgt sie waren – sie haben in Tomahawk City, Nord-Dakota, gewohnt.

Na, um ein Langes kurz zu machen, da haben Muttchen und ich uns aufgemacht, um ihn aufzusuchen, und ich hab ihm alle Ratschläge gegeben, die ich ihm geben konnte, und dann sind wir weitergefahren und haben uns die Schwarzen Berge angesehen, aber wir hatten keine Zeit mehr, bis zum Yellowstone-Park zu kommen, aber trotzdem, bis dahin waren ja nur noch vier-, oder vielleicht können es auch sechs- oder achthundert Meilen gewesen sein, und so bin ich praktisch imstande, Ihnen eine detaillierte Beschreibung der Straßen und der Halteplätze und so weiter über die ganze Strecke zu geben.

Und wissen Sie, ich kann Ihnen wirklich ganz entschieden empfehlen, die Tour zu machen. Da kann man sagen, was man will. S gibt Leute, die behaupten, daß Bücherlesen am meisten bildet, und andere wieder wollen, daß man am meisten und am schnellsten lernt, wenn man sich Vorträge anhört, aber ich sage immer: »S gibt nichts, was so bildet wie Reisen.«

Also, nehmen Sie zum Beispiel bloß mal folgendes als Beispiel: Wie ich durch Minnesota gekommen bin, da hab ich festgestellt – das hab ich tatsächlich selber gesehen, aus erster Hand – daß dort ebensoviel Schweden wie Deutsche sind. Und komische Namen – ich kann Ihnen sagen, die hatten die allerkomischsten Namen! Swanson und Kettleson und Shipstead und lauter so ne Namen – einfach lauter Witze. Ich hab zu Muttchen gesagt: »Na, Mrs. Schmaltz«, hab ich gesagt – so sag ich oft zu ihr, wenn wir so n bißchen Unsinn machen – »na, Mrs. Schmaltz«, hab ich gesagt, »Du wolltest was Lustiges auf der Fahrt, und da hast Dus«, hab ich gesagt, »in den komischen Namen da.«

Und lauter so Sachen.

Wir glauben hier in Zenith, daß jeder Mensch, ich meine, jeder *normale* Mensch, genau so lebt wie wir, aber dort draußen in Minnesota hab ich gemerkt, daß ne ganze Menge von den Leuten nie in ihrem Leben auch nur von unserem Bürgermeister hier in Zenith gehört haben – die haben bloß von der Politik in Minneapolis und Saint Paul geredet! Ich kann Ihnen sagen, wenn man so reist, bekommt man nen ganz neuen Einblick in den menschlichen Charakter und erfährt, wie groß die Welt schließlich is, und, wie unser Pastor, Dr. Edwards, oft sagt, die Fähigkeit des Herren, neue Garnituren von psychologischen Modellen zu schaffen, is praktisch, könnt man sagen, vollständig unbegrenzt.

Also, ich will Ihnen in ganz großen Umrissen von der Tour erzählen. Von hier bis zum Yellowstone-Park müssen so ungefähr zweitausend Meilen sein, und da kann ich natürlich nicht auf Einzelheiten eingehen, sondern nur von den größeren Ortschaften reden, die Sie werden sehen wollen, und ganz allgemein von den Dingen, auf die man bei großen Touren achten muß, wenn man sie wissenschaftlich machen will.

Ja, danke schön, ne Zigarre werd ich nehmen, aber trinken will ich nichts. Na, von mir aus, aber ganz schwach. Schön, so is schön. Schließlich, wie ich oft zu meinem Jungen sage, zu Robby, wo die Prohibition nun mal Landesgesetz *ist*, sollen wir gar nichts trinken oder höchstens sehr wenig. So wirds recht sein. Halt! Na, jetzt wo Sies schon eingeschenkt haben, dürfen wirs nicht verkommen lassen, was? Nur noch n bißchen Soda. Schön! Grade recht!

Also wie gesagt, ich wills kurz machen. Wir sind nach Dakota losgefahren, nur Muttchen und ich – die Kinder haben mit ihren Schulen und ihren Studien zu tun gehabt –
Ich weiß nicht, ob ichs Ihnen schon erzählt hab, aber Delmerine hat gemerkt, daß sie n bißchen mehr Talent zum Malen hat als für Musik, obwohl, für mich hat sie eine der hübschesten Stimmen, die ich in meinem ganzen Leben bei einem so jungen Mädel gehört hab, aber ihr is von einer der besten Autoritäten gesagt worden, daß sie in der Kunst noch mehr leisten wird als in der Musik, und da is sie zur Kunstschule übergegangen, und Robby hat damals im letzten Sommer n paar Extrakurse machen müssen –
Aber davon is ja nicht die Rede, s handelt sich drum, daß Muttchen und ich ganz allein losgefahren sind.
Also Muttchen wird hoffentlich entschuldigen – sie weiß, wie gern ich sie mal flachse – also ich wollte sagen, grade wie wir so weit waren und losfahren wollten, da hat sie die Idee gekriegt, s war ne gute Idee, ihre alte Tante Sarah mitzunehmen, die da draußen in Rosedale wohnt.
»Nehmen wir doch Tante Sarah mit, damit sie auch mal was Nettes hat«, sagt sie.
»Wen mitnehmen, und was?« sage ich.

»Ja, Tante Sarah mitnehmen. Sie is noch nie wo gewesen«, sagt sie.

»Ausgezeichnet!« sage ich. »Hör mal, das wird ja einfach blendend. Und da wollen wir doch auch gleich das St.-Agatha-Waisenhaus mitnehmen und die Heilsarmee und die Rekonvaleszenten vom Zenither Allgemeinen Krankenhaus«, sage ich, »damit wirs auch wirklich gemütlich haben.«

Na, wo Muttchen hier is, kann ich Ihnen nicht recht gut alles erzählen, was wir hin und her geredet haben, aber auf jeden Fall haben wir Tante Sarah fallen lassen – wissen Sie, die Alte pfeift schon durch die Zähne, und das einzige Mal, daß sie in ihrem ganzen Leben geküßt worden is, das war, wie Brigham Young vor zweiundneunzig Jahren hier durchgekommen is – aber weiß Gott, das kann ich nicht leugnen, Muttchen hat sich revanchiert.

Ich hatt mir so ganz heimlich gedacht, daß ich vielleicht Jackie – das is unser Hund, n ganz prachtvoller und nützlicher Hund is das – daß ich ihn einschmuggeln könnte, aber ich mußte Jackie für Tante Sarah hergeben, und deshalb war, wie wir losgefahren sind, niemand an Bord außer Mrs. Schmaltz und mir.

Also jetzt weiß ich, daß Sie mich zuallererst fragen werden, was für ne Ausrüstung Sie auf so ne Tour mitnehmen sollen. Ich bild mir ja nicht ein, n Ammunsen zu sein, und wenn ich schon mal in meinem Leben irgendnen Südpol entdeckt hab, dann haben die Zeitungen vergessen, mir Mitteilung davon zu machen. Aber meine Erfahrung will ich Ihnen gern zum Selbstkostenpreis geben.

Also wegen Kleider –

S gibt Leute, die behaupten, auf so ner langen und, man könnt sagen, gefährlichen Reise soll man ganz einfach nen gewöhnlichen alten Anzug tragen. Und dann gibts wieder Leute, die behaupten, man soll Kord tragen. Ich kann Ihnen sagen, viele und viele Stunden hab ich mit Auseinandersetzungen zwischen diesen beiden Schulen verbracht. Aber ich für meine Person, wissen Sie, ich will nichts weiter als ne nette Kakhijacke und Kakhihosen, allemal. Das Zeug kann noch so dreckig werden, man sieht nie, wie dreckig es is, na also was machts denn dann?

Und Muttchen ebenso. Sie hat sich extra ne hübsche Kakhijacke und Breeches machen lassen, und wenn sie manchmal geknautscht und mich gefragt hat, ob die Hosen sie auch wirklich gar nicht breit in den Hüften machen, da hab ich immer zu ihr gesagt: »Teufel« – Entschuldigen Sie, Mrs. Babbitt. »Dreck«, hab ich zu ihr gesagt, »wenn Dirs in ihnen bequem is, und wenn Du findest, daß sie beim Kriechen durch Stacheldrahtzäune und bei sonen Sachen bequem sind, wen gehts dann was an –« hab ich sie gefragt, »ob n paar Leute meinen, daß sie Dich um die Mitte rum breit machen oder nicht!«

Also, Muttchen, Du brauchst mir gar nicht sone dreckigen Blicke zuwerfen, denn wir sind doch hier direkt im Schoß der Familie, könnt man sagen.

Und dann noch etwas, was ich sehr wichtig gefunden hab.

Außer den gewöhnlichen Schuhen, die Sie beim Fahren anhaben – und das muß n gutes, kräftiges Paar Schuhe sein, denn wer weiß, wann Sie mal in nen Obstgarten gehen und n paar Äpfel stehlen wollen oder auch auf nen Hügel rauf, um sich ne Ansicht anzusehen, oder irgend so was – außerdem sollten Sie sich n paar leichte Schuhe für den Abend mitnehmen – das is auch eleganter; dann können Sie, wenn Sie in so n Provinzhotel kommen, zeigen, daß Sie vielleicht für die Autotour bequem angezogen sind, sich aber zu Hause ebenso gut anziehen können wie sonst wer, oder vielleicht noch besser.

Ich für meine Person, ich hab da ja n fürchterliches Glück gehabt. Ich hatte da n paar alte Pumps, und die hab ich mir nachschwärzen lassen, und dann haben sie praktisch fast so gut wie neu ausgesehen.

Komisch, ich werd nie vergessen, wie ich diese Pumps gekauft hab.

Also das war so:

Ich war in Chicago, auf ner Geschäftsreise, wissen Sie, und da bin ich zufällig durch die South State Street gegangen, im ärmeren Viertel, und da komm ich zu nem großen Schuh- und Fußbekleidungsgeschäft, und da hab ich diese Pumps gesehen, und sie sind mir recht hübsch vorgekommen. Und der Kerl, dem der Laden gehört hat, aber er war n Ramscher, wissen Sie, der kommt raus und sagt zu mir – natürlich hat er ganz ungebildet gesprochen – und er sagt zu mir: »He, Herr, die Schuhe will ich Ihnen billig verkaufen« – Sie wissen ja, wie die Leute reden.

Also, ich hab ihn bloß so n bißchen amüsiert angesehen, und natürlich konnt ich merken, daß er merkt, daß ich nicht einer von den ungebildeten Kaffern war, mit denen er sonst seine Geschäfte macht, und ich sage zu ihm: »So, mein Freund, so«, sage ich zu ihm, »Sie wollen sie mir also billig verkaufen, so!«

»Freilich«, sagt er, »klar; Sie sollen sie staunend billig haben.«

»Also, Freundchen«, sag ich zu ihm, »ich bin überzeugt, daß das sehr nett von Ihnen is, aber was bringt Sie auf den Gedanken –« und dabei hab ich n bißchen gelacht. »Was bringt Sie auf den Gedanken«, hab ich gesagt, »daß ich solche Fußbekleidungsgegenstände überhaupt brauche?«

»Na, ich kann sehen, daß Sie n Herr sind, der sich oft nen Frack anzieht, und das sind richtige Prachtschuhe«, sagt er. »Ich hab sie aus dem Konkursverkauf vom wirklichen Bon-Ton-Elite-Laden in Chicago«, sagt er, »wirklich wahr, von Waffleheim und Spoor, und für meine gewöhnlichen Kunden sind sie zu gut«, sagt er.

Also, aus purer Neugier hab ich mir die Dinger angesehen, und Tatsache, ich hab sofort gemerkt, daß er wirklich die Wahrheit gesagt hat. Ich kann Ihnen sagen, wenn die Pumps das waren, wonach sie ausgesehen haben, dann waren sie nicht einen Cent weniger wert als fünfzehn Dollars oder mindestens zwölf fünfzig. Na, selbstverständlich bin ich innerlich ganz aufgeregt geworden. Damals hab ich erfahren, wie der Doktor – na, ich weiß nicht mehr, wie er heißt, der, der für die *Saturday Evening Post* schreibt, da hab ich erfahren, wie dem zu Mute is, wenn er ne Erstausgabe von Harold Bell Wright für einen Vierteldollar findet, die er später vielleicht fürn paar tausend verkaufen kann. Also, ich hab mir Mühe gegeben, nicht aufgeregt auszusehen, und hab ihm gesagt, ganz gleichgültig hab ich ihm gesagt: »Na, Bruder, sie sehen aus, als ob sie mir ungefähr passen könnten, und zwei Dollars will ich Ihnen dafür geben.«

Na, Sie hätten vielleicht gelacht, wenn Sie gesehen hätten, wie der hochgegangen is. Ich kann Ihnen sagen, er is einfach in die Luft geklettert. Er schreit und brüllt und sagt, sie sind wenigstens fünf fünfzig wert. Sie wissen ja, wie die verdammten Ausländer sich benehmen – und wissen Sie, wenn Sie n Philosoph wären, dann würden Sie merken, daß das Benehmen von den Leuten auch ein inneres geistiges Etwas, könnt man sagen, verrät, das verrät, warum sie mit der klaren, sicheren, wortkargen Geistigkeit des nordischen Menschen nicht konkurrieren können. Er fuchtelt mit den Händen rum und –

Ach, Sie wissen ja.

Aber hören Sie, ich fürchte, ich komm n bißchen von meinem Thema ab. Also, ich hab ihn runtergehandelt und die Schuhe für dreieinhalb gekriegt, ich kann Ihnen sagen, gepaßt haben sie wie angegossen, und ich hab sie fünf Jahre lang bei den feinsten Gesellschaften und Soiréen in Zenith getragen, und wie wir diese Reise nach dem Westen angefangen haben, da waren sie grade das Richtige zum Mitnehmen, ums den Füßen am Abend bequem zu machen. Also vergessen Sie nicht und nehmen Sie so was mit – vornehm, aber bequem.

Und jetzt wegen der Autoausrüstung, George.

Sie müssen was mithaben, damit Sie aus nem Dreckloch wieder raus können, wenn Sie mit dem Rad drin stecken. Es is ja ganz richtig, daß Sie jetzt überall, wo Sie Autotouren in den Vereinigten Staaten machen, vollständig zementierte Straßen finden. Aber manchmal – Sie wissen ja, wies is. Ab und zu mal n Loch in der vollständig zementierten Chaussee, und Sie stecken im Dreck.

Und natürlich müssen Sie Ketten mithaben und Reservereifen. Und ganz besonders empfehl ich Ihnen einen von den kleinen Kochern mit Hartspiritus. Wenn Sie auf der Tour sind, haben Sie bald genug von den Restaurangs, wo Sie überhaupt nichts kriegen außer nem kleinen Steak oder Hackbraten, aber manchmal wollen Sie eben ne Kleinigkeit zum *Essen* haben, und wenn Ihnen so zu Mute is, dann können Sie natürlich nichts anderes tun als selber kochen.

In den meisten von den kleinen Städten gehen Sie in n Lokal rein – ja, draußen hats n großes, wunderschön beleuchtetes elektrisches Schild, wo »Essen« oder irgend so was drauf steht, so daß Sie meinen, s wird ne feine, moderne Sache sein, aber Sie gehen rein, und dann sehen Sie, daß es nem alten Farmer mit seiner Tochter und seiner Alten gehört.

Vaters Hauptbeschäftigung besteht darin, daß er an der Registrierkasse steht und den Zahnstocher nicht in Frieden läßt. Er hat zu viel damit zu tun, daß er dran denken muß, was fürn zivilisierter Stadtmensch er geworden is, als daß er irgend was tun könnte außer Kassier spielen – bei sechs Gästen in einer Stunde! – oder vielleicht bewundert er auch die ganzen Kunstschätze im Lokal – das blendende Bild mit den zwei Birnen und dem Hummer und die Schilder: »Achten Sie auf Ihre Garderobe« und »Ohne Borgen keine Sorgen« und »Rührei mit Schinken auf Bauernart, 20 c« – Bauernart, das heißt, daß n Stück in Asphalt eingeweichtes Brot ins Ganze hineingeschmissen wird.

Und draußen in der Küche is Mutter, die macht, was sie für Kochen hält. Das einzige, was sie nicht anbrennen läßt, is das Trinkwasser. Und Töchterchen bildet sich ein, daß sie bei Tisch bedient. Aber Töchterchen hat für niemand Interesse, außer für Reisende, die sie für unverheiratet hält – was kein Reisender is, seitdem der liebe Gott kleine Äpfel gemacht hat. Und im ganzen Lokal is n netter, angenehmer Geruch von verbranntem Steak mit Zwiebeln.

Sie setzen sich also auf nen hübschen hohen Stuhl, der gewöhnlich einmal am Tag mit dem Fetzen abgewischt wird, mit dem sonst die Bratpfanne geschmiert wird, und Sie sagen zu Töchterchen: »Können Sie uns n bißchen gehacktes Corned Beef bringen?« Und die sieht Sie an, wien Evangelist wen ansieht, von dem er glaubt, daß er nen bleiernen Vierteldollar auf den Sammelteller gelegt hat, und dann sagt sie: »Gehacktes is nicht mehr.«

Und dann denken Sie – und dabei merken Sie, daß Sie gar kein großer Denker sind – Sie könnten vielleicht n Schweinekotelett haben, oder n Schnitzel, oder n bißchen Roastbeef, und dann sagen Sie schließlich, schon n bißchen nervös: »Also, was können wir denn kriegen?«

»Hören Sie«, sagt sie, »werden Sie bloß nicht frech! Sie können n kleines Steak haben, oder Rührei mit Schinken – bloß glaub ich, Eier sind nicht mehr.«

Herrgott! Ich hab immer geglaubt und auch gesagt, daß Amerika die einzige Nation is, wo man feines Essen kriegen kann, aber sogar n Patriot wie ich muß manchmal denken, daß wir dieses besagte feine Essen überall gekriegt haben, außer in Städten, Marktflecken und Farmhäusern.

Also nehmen Sie nur n kleinen Kocher mit. Und dann müssen Sie noch nen Sucher mitnehmen und einen Spaten, und –

(Hier mußten auf Verlangen des Verlages siebenunddreißig weitere Artikel, die Mr. Schmaltz empfohlen hat, gestrichen werden. – DER HERAUSGEBER.)

Also, am ersten Tag, wie eins so zum anderen kommt, und dazu noch das Packen, sind wir erst mittags weggekommen, nachdem wir vor der Abfahrt noch nen kleinen Lunch gegessen hatten, und wissen Sie, das polnische Mädel, das wir damals hatten, also die hätt ich totschlagen können – die hat Rührreier gemacht und uns überhaupt keinen Ton gesagt, wie sie fertig war, und dann waren sie ganz kalt, und für nen Menschen, der was fürn wirklich nettes gutes Essen übrig hat, für den lohnen kalte Rührreier kaum das Essen.

Na, auf jeden Fall sind wir Punkt dreizehn Minuten nach zwölf losgefahren – ich hab auf der Tour so n bißchen Buch geführt über die Zeiten, über die Meilenanzahl und über den täglichen Öl- und Benzinverbrauch, und wissen Sie, wenn ich meine Zahlen hier hätte, könnt ich Ihnen beweisen, daß wir mit dem Dainty-Daisy-Benzin mehr Meilen rausgeholt haben als mit Samson, trotz allem, was Samson von Kraftersparnis redet. Ja, und wie gesagt, wir sind n bißchen spät losgefahren, und so wollten wir an dem Tag nicht mehr viel machen, nur bis Mittewoc, hundertundfünfundsiebzig Meilen.

Ich mach nie gern mehr als zweihundertfünfzig Meilen per Tag. Ich weiß, daß Sie nicht meiner Ansicht sind, George, aber ich meine, wenn man dreihundert oder dreihundertfünfzig macht, dann kann man eben wirklich nicht die Landschaft so gut sehen und die Landwirtschaft und andere Einzelheiten des Landes so genau studieren, wie wenn man in nem gemütlichen Fünfundvierzig- oder Fünfzigstundenmeilentempo langschunkelt und nicht aufdreht. Aber das is ne Sache für sich. Wir wolltens gemütlich machen und nicht vor halb acht hinkommen.

Ich kann Ihnen sagen, an dem Tag hab ich gesehen, wie weit wir fortgeschritten sind.

Wie ich die Straße das erstemal gefahren bin, da war sie bloß ne ganz gewöhnliche dreckige Straße, die an lausigen Farmen vorübergeführt hat, und jetzt sieht man jede Meile oder so ne feine, moderne heiße Würstelbude – n paar wie Blockhütten und n paar wie kleine chinesische Pagoden oder Indianer-Wigwams oder ganz kleine, zehn Fuß hohe Nachbildungen von Mount Vernon und so, und dort hats alle möglichen Erfrischungen für den inneren Menschen gegeben – heiße Würstel und Apfelkuchen und Zigarren und so weiter und so fort – und natürlich die ganze Straße lang moderne Plakate, damit n bißchen Abwechslung reinkommt, und vielleicht alle fünf Meilen Garagen, und in jedem Ort n feiner kostenloser Autoparkplatz mit kostenlosem Wasser und Holz für die Touristen. Und viele von den Farmern haben ihr altes schweres Handwerk aufgegeben und verkaufen Äpfel und Apfelwein an die Automobilisten – übrigens, einen hab ich gefragt, wie er seinen Vorrat ergänzt, und da stellt sich raus, daß er nicht einen einzigen Apfelbaum da hat – er hat alles aus nem Lebensmittelgeschäft aus dem nächsten Ort gekriegt. Ach ja, der Automobilismus hat schon große und wunderbare Fortschritte in dem Land hervorgebracht!

An dem ersten Tag haben wir gar nichts Besonderes erlebt – nur ein oder zwei kleine Sachen. Ich kann mich erinnern, da war n Kerl, er hat ausgesehen wien Vagabund, und der hat mit der Hand gewinkt und uns angehalten.

»Nun, mein Freund, was wünschen Sie?« sage ich – er hat sehr schäbig ausgesehen.

»Können Sie mich n Stück mitnehmen?« sagt er.

»Mitnehmen?« sage ich.

»Ja, ich möcht gern mitfahren«, sagt er.

»Sie haben zwei gute Füße zum Gehen, oder nicht?« sage ich.

»Ja«, sagt er, »aber ich hab nen weiten Weg.«

»So, einen weiten Weg haben Sie, so!« sage ich. »Hören Sie mal, mein Freund, ich will Ihnen mal nen Rat geben.«

»Ich hab Sie nicht um einen Rat gebeten«, sagt der. »Ich hab Sie gebeten, daß Sie mich n Stück mitnehmen.«

Da bin ich natürlich n bißchen wild geworden, wie der mir so frech geantwortet hat, ohne daß ihn wer darum gebeten hat, und da hab ich gesagt: »Also, ich hätt Sie vielleicht mitgenommen«, sage ich, »wenn Sie nicht so frech geworden wären, aber jetzt – also, ich kann Ihnen nur eines sagen, wenn Sie sich an die Arbeit machen würden und arbeiten wollten und Geld verdienen würden«, hab ich ihm gesagt, »dann würden Sie vielleicht Ihr eigenes Auto haben und müßten niemand bitten, daß er Sie mitnimmt. Guten *Tag*!« hab ich gesagt, und dann bin ich weitergefahren. Das wird ihm vielleicht ne Lehre gewesen sein. »Machen Sie sich an die Arbeit und verschwenden Sie nicht die Zeit damit, daß Sie bitten, daß man Sie mitnimmt«, hab ich ihm gesagt, »und dann werden Sie vielleicht Ihr eigenes Auto haben!«

Dann haben wir in nem kleinen Nest gehalten, n schreckliches kleines Bauernloch war es, Neu-Paris hats geheißen, wenn ich mich recht erinner, und dort haben wir gehalten, um nen Eiscrêmesoda zu trinken, und wie ich aufgefahren bin, da bin ich n ganz kleines bißchen in nen Wagen vor mir reingefahren. Ich hab ihm weiter gar nichts getan, bloß meine Stoßstange n bißchen verbogen, aber Du lieber Gott, wenn Sie gehört hätten, was der Kerl fürn Geschrei drüber gemacht hat, Sie hätten gemeint, ich hab seinen Wagen in lauter kleine Stücke zertrümmert und seine Tante Jenny umgebracht. N großer starker Lümmel war er – ganz würdelos.

Obwohl ich in der Stadt geboren und aufgewachsen bin, bewunder ich den Farmer und ehre seine Arbeit. Was würden wir denn schließlich ohne Weizen und Mais und Flachs und Gerste und Rettich und so weiter tun? Aber trotzdem, ne ganze

Menge von den Bauern haben gar keine Manieren und keine Würde, wie der Kerl da. Gleich war er da und hat gebrüllt:

»He, Sie haben meinen Wagen angefahren!«

»Diese Tatsache ist mir bereits bekannt«, hab ich gesagt, ganz kalt – der große Lümmel! – wenn der sich eingebildet hat, daß er *mir* Angst einjagen kann! Ich bin also ausgestiegen und hab mir die Sache angesehen, ich hatte ihm seinen Reservereifen hinten n ganz klein wenig demoliert.

»Also, was wollen Sie tun?« sagt er.

»Was ich tun will?« sage ich.

»Ja, was wollen Sie tun?«

»Nun, in Anbetracht und in Ansehung, daß ich nicht den geringsten Schaden vollführt habe«, hab ich ihm mitgeteilt, »habe ich den Eindruck, daß ich aller Wahrscheinlichkeit nach nicht das geringste tun werde.«

»Das werden wir noch sehen!« sagt er.

»Freilich werden wir das sehen!« sage ich. »Sie können die Gesetzesvertreter rufen«, sage ich, »und dann werden wir sehen, was die zu der Angelegenheit sagen. Und ich darf Sie vielleicht auf die Tatsache aufmerksam machen, daß Sie nicht im vorgeschriebenen vorschriftsmäßigen Winkel aufgefahren sind«, sage ich, »und wir werden sehen, was die Autoritäten *dazu* zu sagen haben werden!«

Na, selbstverständlich war das Ganze bloß n fürchterlicher Bluff. Ich hatte überhaupt keine Ahnung von den Parkvorschriften. Aber ich hab mir gedacht, er wird wahrscheinlich auch keine Ahnung davon haben. Und natürlich hab ich gewußt, wenn er nen Schutzmann holt, wird er alles mögliche zusammenlügen und verdrehen, und lauter so Sachen, die so ekelhaft sind, wenn man mit einem ungebildeten Klotz zu tun hat. Aber ich war ganz vorbereitet darauf – ich hab mir vorgenommen, ich werd dem Schutzmann erzählen, daß ich n großer Anwalt aus der Stadt bin und mehr von den Automobilgesetzen versteh als alle Menschen, seitdem der liebe Gott n kleiner Junge war, und so wär ich auch mit der Polizei fertig geworden.

Und ich kann Ihnen sagen, s hat gewirkt wie n Zauber!

Der Kerl is buchstäblich weiß geworden.

»Also, Sie sollten vorsichtiger sein«, hat er gebrummt – Sie hätten bloß sehen sollen, wie komisch das war, wie er aus der Sache wieder rauskommen wollte – und damit, wissen Sie, war das Ganze auch erledigt.

Aber was ich ihm nicht gesagt habe, und wozu ich auch gar keine Veranlassung spürte, es ihm zu sagen, wenn ers nicht selber sehen konnte, das war, *wie* ich ihm seinen Reservereifen demoliert hab – n Stück hat rausgehängt, und das Ventil hab ich ihm ganz eingetrieben, und wenn der Mr. Farmer den Reifen hat aufziehen müssen, dann wird er ja n feines Vergnügen gehabt haben, das is ihm auch ganz recht geschehen, dafür, wie er mit mir geredet hat – wissen Sie, ich hab oft lachen müssen, wenn ich an den armen Bauernschädel gedacht hab, wie er so ganz weit draußen mit nem Reifendefekt dasitzt und den Mistreifen aufziehen will!

Also, Muttchen und ich, wir sind in die Apotheke gegangen, und ich hab mir n Erdbeereiscrêmesoda geben lassen, und sie hat, wenn ich mich recht erinner – wenn ich mich irre, Muttchen, so sags – sie hat ne Brauselimonade genommen, und dann sind wir zur nächsten Garage gefahren, und dort hab ich mir meine Stoßstange wieder herrichten lassen.

Das war aber wirklich ne feine Garage, für so n kleines Drecknest.

Ich fahr vor und tut mit meinem Horn, und da kommt n junger Mensch im Monteuranzug raus, und zu dem sage ich: »Hören Sie, Meister, ich hab n kleines Stück weiter oben auf der Straße nen Moskito angefahren, könnten Sie mir wohl meine Stoßstange wieder richten?«

»Klar«, sagt er.

»Könnten Sies gleich machen?« sage ich. »Ich hab da oben auf der Straße ne Verabredung mit Gertrude Ederle, ich muß mit ihr über den Kanal schwimmen.«

»Klar«, sagt er. Da könnt man sehen (mein Gott bedenken Sie doch nur, was es heißen muß, in so nem Schweineloch zu leben und fast nie nen gebildeten Menschen zu sehen, wenn nicht grade einer vorbeikommt wie ich!) – man könnt wirklich sehen, daß er n richtigen Kiwanis-Club-Spaß verstanden hat.

Na, er hat sich also an die Arbeit gemacht, und ich kann Ihnen sagen, keine zehn Sekunden hats gedauert, und die Stoßstange war wieder in Ordnung, und wir sind weitergefahren. So, das is alles über diese zwei kleinen interessanten Sachen, und da ich weiter erzählen und Ihnen die ganze Reise schildern muß –

Richtig, da war noch ne Kleinigkeit.

Wir sind bei einem Farmhaus stehen geblieben, weil wir n bißchen Trinkwasser haben wollten – kein Wasser für den Kühler, wissen Sie; das is doch eins von den Wundern der modernen Wissenschaft, daß der Kühler von einem wirklich guten Wagen fast nie nachgefüllt werden muß, nicht wahr – wir wollten also bloß n bißchen Wasser zum Trinken haben. Also, ich bin zur Tür gegangen, und da is so ne alte Hexe von Bauersfrau rausgekommen, und ich hab meinen Hut abgenommen, genau so höflich, als ob sie ne wichtige Kundschaft in meinem Laden war, und dann sag ich zu ihr: »Madam, dürften meine Frau und ich Sie wohl um einen Schluck Wasser bitten?«

Na, sie bleibt stehen und schaut mich an – weiß Gott, ich bin n bißchen nervös geworden, so ne Unhöflichkeit gegen einen Wanderer – und sie sieht mich an und sagt: »Sie sind heute der sechzehnte Automobilist, der hier stehen bleibt und um nen Schluck Wasser bittet. Und jedesmal bin ich zur Scheune runtergegangen, wo die Pumpe is, und habs gebracht. Und die letzte, und das hat ne Dame sein wollen, die hat geschimpft auf Deibel komm raus, weil sie gemeint hat, das Glas, was ich ihr gebracht hab, is nicht sauber genug. Und ich hab ja weiter nichts zu tun, als kochen und backen und fegen und flicken und für vier Männer arbeiten und mich, um die Hühner kümmern und im Garten arbeiten und beim Kühemelken helfen. Und ich habs satt, noch außerdem die Gratiskellnerin für Stadtautomobilisten zu spielen!«

Na ja, vielleicht war ja auch n bißchen was Richtiges an dem, was sie gesagt hat.

Ich kann Ihnen sagen, George, ich bin immer der erste, der auf den Ruf des Armen und Bedürftigen sein Herz und seine Börse öffnet. Ja, s is ja erst n paar Monate her, da haben wir im

Kiwanis-Club ne Sammlung veranstaltet, um nem Zeitungsjungen einen Anzug zu kaufen. Aber trotzdem –

Warum müssen diese Bauernschädel sich durchaus blamieren? Warum wollen sie nicht mal probieren, nette Manieren zu lernen, wie Sie und ich?

Am liebsten hätt ich der Alten ja schnell eine übers Maul gezogen, aber ich hab bloß meinen Hut wieder gelüftet, ganz fein und elegant, und dann hab ich gesagt: »Es tut mir ungemein leid, Sie belästigt zu haben, Madam! Guten *Tag*!«

Und ich bin weggegangen und hab nicht ein einziges Mal zurückgesehen! Sicher hat sie sich geschämt, wenigstens will ich hoffen, daß sies getan hat!

So gegen fünf haben wir Halt gemacht, um heiße Würstel und Sauerkraut und Kaffee zu kriegen, in nem sehr netten kleinen Nest, tadellos modern, alles mit Ziegelpflaster, und nette kleine Bungalows und n hübscher Filmpalast, und einer von den höchsten Wassertürmen war da, den wir auf der ganzen Fahrt gesehen haben, und n blendender Zigarrenladen, der hat »Zur Gemütlichkeit« geheißen, und viel Industrie war auch da – ne große Käsefabrik und ne Kautschukfabrik – so was hab ich schon immer sehen wollen – Carcassonne hat der Ort geheißen.

Und dann haben wir weiter gemacht, und um Punkt sieben dreizehn waren wir in Mittewoc.

Und dann, ich weiß bloß nicht, ob Muttchen s zugeben wird, hatten wir ne Auseinandersetzung, die nicht von schlechten Eltern war, darüber, wo wir übernachten sollen.

S war n hübsches Hotel da – Wappen von Ishpeming – ne hübsche große saubere Halle mit eleganten tiefen Lederschaukelstühlen, und die Messingspucknäpfe haben gefunkelt, als obs Eßgeschirr gewesen wäre – und Muttchen hat gemeint, wir sollen dort bleiben.

Aber ich hab zu ihr gesagt: »Es handelt sich nicht ums Geld«, hab ich gesagt. »Ich kann mir wohl die besten Hotels genau so gut leisten wie sonst wer. Aber weh tuts nie, n bißchen Geld zu sparen; und außerdem«, hab ich gesagt, »machts ne Menge Spaß, und man lernt auch allerhand auf so ner Tour, wenn man sich direkt unter die ganz gewöhnlichen Leute mischt, die in Klapperkästen fahren«, hab ich gesagt, »und ich hab auch gehört, daß es hier n blendendes Touristenautolager gibt, Lager und Parkplatz kostenlos, und kleine Häuschen mit Bettzeug für einen Dollar pro Nacht«, hab ich gesagt, »und ich bin dafür, daß wirs mal probieren und uns unter das gemeine Volk begeben, und wenns uns heute abend nicht gefällt«, hab ich gesagt, »dann brauchen wirs ja nicht noch mal zu probieren.«

Na, wir haben uns ganz gehörig gestritten, aber Muttchen is n prachtvoller kleiner Kerl, wenn sie nichts dagegen hat, daß ich das in ihrer Gegenwart sage, und um ein Langes kurz zu machen, wir sind also zum Touristenparkplatz hinübergefahren.

Na, dort wars sehr hübsch und alles so tadellos hergerichtet, wie man sichs nur wünschen kann. S war direkt am Ufer vom Appleseed River, n paar hübsche Weidenbäume haben dort rum gestanden, und wenn ich mich recht erinner, war sogar – wenn ich mich irre, so sags, Muttchen – war auch n schöner großer Eichenbaum da. Natürlich war der Boden auch n bißchen dreckig, aber was kann man denn anderes erwarten, wenn jede Nacht an die vierzig bis sechzig Menschen dort lagern?

N blendender kleiner Laden war da, ganz künstlerisch gelb gestrichen und mit nem kolossal künstlerischen Schild: »Der Alte Automobilisten-Kramladen!« und dort, kann ich Ihnen sagen, dort hats alles gegeben, was man auf ner Tour brauchen und benötigen kann, sogar wenn man Kinder mit hat. Sie haben Reifen gehabt und Segeltucheimer und Benzin und Konserven und Leinensachen und Bombongs und Zwirnhandschuhe und Karten und Magazine und alkoholfreies Bier und alles, was man sich ausdenken kann.

Dann war ne Menge von markierten Plätzen für Wagen und für Zelte da, für die, die Zelte hatten, und ne hübsche Anzahl Feldöfen mit ner Menge Holz, das Holz wurde kostenlos geliefert, und feine Duschbäder in Zelten, und dann außerdem noch so gegen fünf, sechs kleine Häuschen, für die, die keine Zelte mit hatten, und so eins hatten wir genommen. Und für einen

Dollar, wissen Sie, wars gar nicht so schlecht – n Doppelbett war drin mit hübscher sauberer Wäsche und n Stuhl.

Wir haben uns also dort eingerichtet, und ich sage zu Muttchen: »Wir wollen so tun, als ob wir ganz einfache Touristen wären, und sonst nichts weiter«, und sie hat die Sache auch gleich richtig kapiert, und wir haben uns ne Bratpfanne und nen Kochtopf in dem Laden gekauft und n paar Konserven, und dann haben wir n blendendes kleines Abendessen gehabt, von Muttchen mit ihren eigenen schönen Händen gekocht – Konservengemüsesuppe und Konserven-Wiener-Würstel (hören Sie, haben Sie schon mal gehört, daß die Wiener nach Wien, ne deutsche Stadt is das, so heißen?) und Bratkartoffeln und zum Schluß noch Mandelschokoladestangen.

Na, n paar von den Leuten dort hatten n großes Lagerfeuer angezündet, und da haben wir alle drum rum gesessen wie eine einzige große Familie und haben alle möglichen schönen alten Lieder gesungen – und ich sage ja immer, diese modernen Lieder haben lange nicht soviel Melodie und Gefühl wie die alten Lieder – wir haben gesungen: »Nach dem Ball« und »Daisy, Daisy, sag mirs gleich« und »Vorwärts, christliche Soldaten« und »Puppchen« und »Zwei kleine Mädelchen in Blau« und lauter so ne Sachen.

Und ich bin mit den verschiedensten Leuten ins. Gespräch gekommen, und ich muß Ihnen sagen, obwohl kaum mehr als vierzig Prozent auf der Höhe der Chevroletklasse waren, trotzdem warens genau so nette und feine Menschen, wie man sichs nur wünschen kann – ich meine natürlich, so fürn paar Stunden. Und ich hab auch die verschiedensten Sachen gehört, von denen *ich* noch nichts gehört hatte – ich kann Ihnen bloß sagen, s gibt ganz entschieden nichts, was einen so bildet, wie Reisen.

Also bloß zum Beispiel, ich hab gelernt, daß Chattanooga, Tennessee – oder s kann vielleicht auch Nashville gewesen sein – aber auf jeden Fall liegts an einem schönen Fluß, und man kann das Gebirge von dort sehen. Und ich hab gelernt, daß die größte Presbyterianer-Kirche im Land in Seattle, Washington, ist. Und ich hab gelernt, daß Zion City, Illinois – oder is es

Wisconsin? – dort wo Dowie[14] immer war – also auf jeden Fall is dort nicht nur ne sehr große Spitzenfabrik, was natürlich jedes Kind weiß, sondern auch eine der größten Zwiebackfabriken im ganzen Land. Und von einem Herren, der Tierarzt war, hab ich gehört, daß das beste Futter für Hunde Maismehlbrei, mit Fleischstücken aufgekocht, is, das is nämlich ne richtige Zusammensetzung – für Hunde, meine ich.

Und da war wirklich ne komische Sache, sag ich Ihnen. Der Tierarzt, Dr. Lepewski hat er geheißen, aber er hat uns erklärt, daß er wirklich von deutscher Abstammung is und nicht so n Litauer oder irgend so was Ausländisches, also der hat davon geredet, daß er vor ungefähr einem Jahr, oder vielleicht wars auch schon länger her – der Dr. Lepewski, kann ich Ihnen übrigens sagen, war keiner von den gewöhnlichen, schäbigen Touristen, er hat tatsächlich nen Oakland gefahren und war rund herum n erstklassiger Gentleman, er wird wohl im Touristenlager so zum Spaß gewesen sein, genau so wie Muttchen und ich – und er hat erzählt, vor ungefähr nem Jahr oder so war er in Chicago in einem Hotel – ich glaube, s war das La Salle, aber s kann auch irgendn anderes Hotel gewesen sein – und dort is er – ich hatte grade erwähnt, daß ich aus Zenith bin, und da hat er erzählt, daß er in diesem Hotel zufällig einen Herren aus Zenith getroffen hat.

Na, selbstverständlich hat mich das gleich sehr interessiert, und da hab ich ihn gefragt: »Wie hat der Herr geheißen?«

»Ja, wenn ich mich recht erinnere«, hat er mir gesagt, »hat er Claude Bundy geheißen – im Fensterrahmen- und Jalousiegeschäft. Kennen Sie ihn vielleicht zufällig?«

»Also«, sag ich zu dem Doktor, »is das zum Glauben? Hören Sie, das is doch wirklich ne verflucht kleine Welt, was! Nein, zufällig kenn ich Claude selber nicht, aber ich war schon n paarmal mit seinem Vetter zusammen, mit Victor Bundy, das is der Rechtsanwalt«, hab ich gesagt, »und ich glaube, ich muß n paar Leute kennen, die Claude kennen!«

---

[14] Der Schutzheilige und das Vorbild aller Organisationen vom Schlage der Antisaloon-Liga und der Vereinigung »Tag des Herrn«. Wie Mrs. Mary Baker Eddy lehrte er bis zu seinem unglückseligen Ende die Göttliche Heilung aller Leiden.

Ja, also so war das – n kolossal nützlicher und auch amüsanter Abend, und so gegen dreiviertel elf sind Muttchen und ich in die Klappe gekrochen, wir haben ganz gut geschlafen, und am nächsten Morgen sind wir so gegen sieben aufgestanden und haben an nem kleinen Frühstückstisch dort in der Nähe gefrühstückt –

Was?

Du guter Gott, Du hast recht, Muttchen!

Jetzt is es viertel zwölf, und wir werden zu Fuß nach Haus gehen müssen, und ich bin mitm Erzählen noch nicht mal bis zu den Schwarzen Bergen gekommen. Also, ich will Ihnen was sagen, George, wir wollen bald wieder zusammen sein, und dann kann ich Ihnen ja das übrige in ner halben Stunde erzählen.

Der Abend war mir n ganz besonderes Vergnügen, und hoffentlich kann Ihnen das, was ich Ihnen erzählt hab, dienlich sein –

Und, ach ja, richtig, etwas *muß* ich Ihnen noch sagen, bevor wir abtrudeln. Vergessen Sie ja nicht, nen Trinkbecher mitzunehmen. Also da gibts ja verschiedene Arten. Sie können n kleines Glas in einem Metallfuteral kriegen, oder einen von den zusammenklappbaren Metallbechern oder auch ganz einfach nen gewöhnlichen emaillierten Becher. Ich will Ihnen jetzt bloß in n paar kurzen Worten meine Erfahrungen mit jedem einzelnen von den dreien erzählen –

Sechster Teil.

Die grundlegenden und fundamentalen Ideale des christlich-amerikanischen Bürgertums

Herr Vorsitzender, meine Herren Geistlichen, Freunde und Brüder vom Männer-Club der Pilger-Kongregationalistenkirche:

Es wird mir nicht leicht, dem Vergnügen und der Ehre Ausdruck zu verleihen, die es für mich bedeutet, auf diese Weise zu Ihrem Sprecher berufen worden zu sein. Es gibt keine Organisation, der anzugehören mir eine größere Freude sein könnte. Allerdings kann ich nicht leugnen, daß ich infolge der Belastung durch meine Mitarbeit an den Amerikanisierungsbestrebungen und andere Pflichten nicht in der Lage gewesen bin, dem monatlichen gemeinsamen Abendessen so oft beizuwohnen, als mir lieb gewesen wäre, aber seien Sie versichert, daß ich jedem Abendessen, dem ich ferngeblieben bin, nur mit Schmerzen ferngeblieben bin.

Ich habe immer sehr viel von den Worten des großen Barden gehalten: »Kürze ist des Witzes Seele«, und ich könnte fast alles, was ich Ihnen zu sagen habe, mit dem Lied ausdrücken, das Bert Hubbard uns so schön vorgesungen hat:

Denn Deine Freunde sind auch meine Freunde,
Und meine Freunde sind auch Deine Freunde,
Und je mehr wir sind beisammen,
Desto größer unser Glück wird sein.

Vor allem möchte ich Ihnen sagen, daß ich von ganzem Herzen die Meinung unseres Vorsitzenden teile, daß es das denkbar größte Vergnügen und die denkbar größte Ehre für uns ist, heute abend in unserer Mitte nicht nur unseren über alles verehrten Seelsorger, Dr. Edwards, zu begrüßen, sondern auch Dr. Otto Hickenlooper von der Zentral-Methodisten- und Dr. Elmer Gantry, vormals von der Wellspring-Methodistenkirche, der jetzt so glorreich in New York tätig ist, und ich sehe mich genötigt, mich von ganzem Herzen und begeistert unserem geehrten Vorsitzenden und unserem geliebten

Seelsorger in der Begrüßung dieser geistlichen Herren in unserer Mitte anzuschließen.

Was immer auch für geringe dogmatische, wenn ich mich so ausdrücken darf, Differenzen zwischen den Methodisten und uns Kongregationalisten bestehen, unsere Ziele sind die gleichen und dieselben, und ich bin sicher, daß kein Methodist Dr. Gantry und Dr. Hickenlooper mehr Hochachtung und Verehrung entgegenbringen könnte als wir.

Ich darf bezweifeln, ob über die ganze Ausdehnung unseres Landes Pfarrer gefunden werden könnten mit größerer Beredsamkeit, mit mehr tätiger Liebe zum wirkenden Christentum, mit beispielgebenderem und frömmerem Lebenswandel und mit mutigerer und gelehrsamerer Anhänglichkeit an die exakte Wahrheit, als diese beiden Herren, und obgleich sie heute abend ohne Priesterwesten und umgedrehte Kragen zu uns kommen, wollen wir doch nicht vergessen, daß es, wieviel Einfluß wir Geschäftsleute auch in Wirtschaftsdingen in Ausübung bringen mögen, daß es Denker sind wie Dr. Gantry, Dr. Hickenlooper und Dr. Edwards, die unserer Philosophie, unseren Idealen, unseren Urteilen in literarischen und künstlerischen Dingen und unserer Geschäftsmoral das endgültige Gepräge geben – und daß sie fortfahren werden uns zu führen, Gott sei gedankt, was für verleumderische und verlogene Angriffe auch gegen sie gemacht werden, von irregeführten unwissenden Menschen, die sich eine billige Berühmtheit erwerben wollen, indem sie ihre Charaktere anzweifeln!

Ich will nichts weiter sagen von gewissen schmutzigen Büchern und Zeitungen und Veröffentlichungen, die es lieben, im Schmutz zu wühlen und ihre Seelen für ein paar erbärmliche Pennys zu verkaufen, und ich will diesen allen antworten, indem ich sage, daß diese großen Diener am Worte – und das mögen diese Verleumder zur Kenntnis nehmen oder es auch bleiben lassen – diese berühmten Seelsorger genießen die geistige Billigung und finanzielle Unterstützung jedes Mannes wie Lowell Schmaltz!

Des öfteren, seitdem ich den Titel dieser bescheidenen Ansprache, die ich halten will, gewählt habe – »Die grundlegenden und fundamentalen Ideale des christlich-amerikanischen Bürgertums« – des öfteren habe ich mir überlegen müssen, ob er nicht ein klein wenig hochtrabend klingt. Das ist nicht beabsichtigt. Ich wünsche nichts weiter, als einfach und bescheiden die Moral der neuen Generation – der neuen amerikanischen Ära zu beschreiben.

In den alten Zeiten hatten die Geistlichen Interesse nur für alle möglichen konfusen Theorien; jetzt sind sie ebenso praktisch wie jeder Geschäftsmann. In den alten Zeiten ließen die Geschäftsleute – die Männer, die die Behaglichkeiten, die das Leben zu dem machen, was es heute ist, erzeugen und verkaufen – sich einschüchtern und führen von einer Unmenge von Königen, Adligen, Generälen, Journalisten, Richtern und einer Menge von solchen unpraktischen Leuten.

Aber jetzt ist die neue Ära da. Jetzt können wir einen Seufzer der Erleichterung ausstoßen, daß dieser altmodische und müßige Unsinn vorüber ist, und daß wir in einer Zeit leben, die beherrscht wird von Henry Ford, Woolworth, Marshall Field, Crane, Andrew Mellon, Cyrus H. K. Curtis, Pillsbury, von Ward, dem titanischen Bäcker, von den Gründern der A. & P.-Kolonialwarengeschäfte, von den Vereinigten Zigarrenläden und von den Liggett- und Owl-Apotheken, von Statler, John D. Rockefeller, William Randolph Hearst, Hart, Schaffner und Marx, Charles Schwab, Heinz, Swift und Armour, von der McCormick-Mähmaschinenfamilie und von anderen ähnlichen Führern der modernen Industrie und des modernen Handels – den neuen Fürsten, den neuen Hohenpriestern, den Schöpfern und Schutzherren einer neuen Philosophie und einer neuen Kunst.

Ich stehe niemand nach in meiner Bewunderung für das Amerika Abraham Lincolns, Emersons, Poes, Nathaniel Hawthornes. Aber diese Herren haben zu früh gelebt, um einerseits eine Nation von hundertundzehn Millionen Menschen, die der ganzen Welt ihre Ideale vorschreiben und sie regieren, zu erfassen, und andererseits einen Lebensstandard, in dem das Radio an die Stelle des Harmoniums getreten ist, der elektrische Beleuchtungskörper mit künstlerischem Schirm an die Stelle des alten Öllichts, und das Magazin mit einer Auflage von zwei Millionen Exemplaren an die Stelle des alten staubigen Kalblederbuchs.

Wenn diese Männer heute lebten, so wären sie ein Herz und eine Seele mit uns von der neuen Ära. Ich kann mir Lincoln vorstellen als Präsidenten der United-States-Stahl-, der Paramount-Film- oder der Wrigley-Kaugummigesellschaft; ich kann mir Poe vorstellen als einen der führenden Mitarbeiter des *Red Book*; Emerson als Präsidenten der Columbia- oder der Illinois-Universität, wie er zwanzigtausend Studenten mit seiner Beredsamkeit begeistert, und Hawthorne, wie er Inserate für das neue Hupmobile-Modell schreibt.

Doch die Moral dieser neuen Ära ist noch nicht ganz ausgedacht, und ich möchte, in meiner bescheidenen und demütigen Weise, am heutigen Abend dazu beitragen, was in meinen geringen Kräften steht.

Gewisse Ideale sind allgemein – Ehrlichkeit, Keuschheit und Nicht-zu-viel-trinken. Aber es gibt zwei Prinzipien, die fast ganz vom heutigen Amerika entwickelt und ausschließlich für dieses charakteristisch sind, und das ist: *Dienst am Kunden* und *Praktischkeit*! (Oder manche sagen auch Praktischheit.)

Nehmen wir Dienst am Kunden. Ich möchte damit beginnen, daß ich definiere, was ich darunter verstehe.

Dienst am Kunden ist Phantasie. Dienst am Kunden ist dieses gewisse Etwas, das, hinaus über das bloße Kaufen, Lagern und Liefern von Waren, dem Behagen und der Selbstachtung eines Kunden so sehr schmeichelt, daß er freundschaftliche Gefühle hegt, zurückkommt und wieder etwas haben will. Dienst am Kunden ist tatsächlich die Poesie, die guten Manieren, das große Erlebnis des Geschäfts.

Und es ist das erstemal in der Geschichte, daß eine Nation die solide, die kühne und funkelnde Idee erfaßt hat, daß man mehr tun kann, als bloß dem Kunden die Waren verkaufen, die er braucht – daß man ihn an sich fesseln kann durch diese feine Form der Freundlichkeit, die als Dienst am Kunden bekannt ist, so daß man, ohne daß es einen überhaupt etwas kostet, in ihm das Gefühl hervorrufen kann, daß er doppelt so viel bekommt, als sein Geld wert ist.

Dienst am Kunden! Und wenn die Rotarianer und Kiwianianer auch sonst nichts getan hätten, sie hätten ihre Existenz berechtigt und sich ihren Platz in der Geschichte für alle Ewigkeit gesichert durch ihre Propagierung des Werts und der Schönheit, ja, wenn ich, ohne eine Lästerung zu begehen, so sagen darf, der *Religion* des Dienstes am Kunden.

Gestatten Sie mir, Ihnen an Hand einiger Beispiele vorzuführen, was mir in bezug auf Dienst am Kunden als geschehen zu Ohren gekommen ist, und was ich mir ausgedacht habe, daß noch getan werden könnte.

Nehmen Sie meinen Beruf, Büroartikel.

Sagen wir, ich verkaufe jemandem eine Rechenmaschine. Nun gibt es bei der Behandlung derselben nichts, was ein einigermaßen helles Mädel nicht in einer halben Stunde lernen könnte, und was Reparaturen anbelangt, da spielt sowieso kein vernünftiges Büro damit rum. Aber wenn ein Herr eine Rechenmaschine kauft, bitte ich ihn, mir das Mädel, das dieselbe bedienen soll, für einen Unterrichtskurs zu schicken – selbstverständlich ganz kostenlos. Dann schicke ich einmal in der Woche oder einmal im Monat einen Mann ins Büro, der die Rechenmaschine durchsieht, sie adjustiert und jedem, den der Chef ihm bezeichnet, weiteren Unterricht in der Bedienung der Maschine erteilt – wieder alles vollständig kostenlos.

Nun versteht der Mann, den ich hinüberschicke, wahrscheinlich nicht mehr von der Behandlung der ollen Rechenmaschinen als mindestens die halben Leute im Büro, aber darauf kommt es gar nicht an. Es kommt nur darauf an, daß ich so bei den Chefs dieses Büros ein Gefühl der Zusammenarbeit mit mir erzeuge, ein Gefühl von einem Eifer, gut gemessen zu geben, zusammengedrückt und überlaufend, wie es in der Bibel heißt, und dann, wenn er wieder einmal etwas an Büroartikeln braucht, dann ist es sehr wahrscheinlich, daß er wieder zu mir kommt. Das ist Dienst am Kunden!

Oder nehmen Sie Versicherungen.

In den alten Zeiten, wenn einer – wenn ein Agent jemand eine Police verkauft hat, dann war es damit aus, und der Agent hat den Betreffenden nie wieder belästigt. Aber glücklicherweise hat jetzt die Morgenröte einer wissenschaftlicheren Ära stattgefunden. Für den wirklich erleuchteten Agenten ist der Verkauf der ersten Police nur der Anfang. Mit einem unpersönlich freundlichen Benehmen, und unter ganz besonderer Beachtung des Umstandes, nicht aufdringlich zu erscheinen, macht der Agent den Kunden zu seinem Bruderherz auf Lebenszeit.

Er legt eine Sammlung von Zeitungsauschnitten an, aus der er jeden Schritt seines Kunden ersehen kann – wie zum Beispiel Todesfälle in der Familie des Kunden, seine Ernennung zu irgendeiner hohem Stellung in der Loge, oder wenn seine Frau den Soroptimisten-Delegierten ein Dinner gibt – und bei jeder derartigen Gelegenheit übermittelt er dem Kunden seine Glückwünsche. Oder sein Beileid, wenn es erforderlich ist.

Selbstverständlich muß das mit Vorsicht getan werden. Der Agent muß sich davon überzeugen, ob der Kunde sich gern belästigen läßt oder nicht. Im Falle, daß ja, macht er diese Annäherungsversuche mit netten, freundlichen, gemütlichen, feinen kleinen Telephongesprächen, in denen er sich auch auf das Wetter oder ähnliche Dinge bezieht – jedoch niemals, wohlgemerkt, indem er direkt das Geschäft erwähnt, denn dann wäre es nicht Dienst am Kunden. Aber wenn der Betreffende empfindlich und nervös ist, so begnügt sich der Agent mit netten kleinen Briefen, in denen er vielleicht einflechtet, daß keine Antwort oder Bestätigung erforderlich ist.

Dann schließlich, wenn er merkt, daß die Aussichten reif sind, wenn ein wirklich reiches Gefühl persönlicher Freundschaft zwischen ihnen entstanden ist, dann macht er einen raschen Versuch, und in einer staunend großen Anzahl von Fällen ist er imstande, ihm eine neue und größere Police anzudrehen.

Das ist Dienst am Kunden – und, wie die Tugend, bringt er seinen Lohn.

Und ebenso in anderen Branchen. Der Kunde im Lebensmittelgeschäft wird oft einen zweitklassigen Apfel, wenn er hübsch verpackt ist, einem erstklassigen vorziehen, der achtlos in gewöhnliches Seidenpapier gewickelt ist. Ein Automobilist wird ziemlich schlechtes Benzin fressen, wenn die Angestellten der Tankstelle hübsche Uniformen anhaben, den Kunden respektvoll begrüßen und ihm kostenlos seine Windschutzscheibe abwischen. Man wird sich oft mit kleinen Zimmern, hohen Preisen und sogar recht schlechtem Essen abfinden, wenn sowohl der Sekretär wie der Direktor des Hotels einen wie einen Freund behandeln, einem warm die Hand drücken und, das vor allem anderen, sich den Namen gut merken und einen mit diesem begrüßen, wenn man ein zweites Mal zurückkommt.

Das ist Dienst am Kunden!

Und vergessen Sie nicht, daß nur ein gemeiner und niedrig denkender Kaufmann das bloß für eine Methode halten wird, mit der man besser verkaufen kann – obwohl es das natürlich auch ist. Aber über und darüber hinaus fördert es Freundschaft, Kameradschaft, Brüderlichkeit und bereitet so den Tag des Tausendjährigen Reiches vor, wo die ganze Welt eine glückliche christliche Gemeinschaft sein wird.

Und jetzt zu dem zweiten typisch modernen amerikanischen Ideal, Praktischkeit.

Europa hat immer seine Kunst gehabt und seine Schönheit, aber in einem haben wir das Alte Land überflügelt: obwohl wir unsere Sachen schön haben wollen – nehmen Sie zum Beispiel einen eleganten neuen Gasofen – müssen dieselben vor allem auch *nützlich* sein. Gestatten Sie mir, das zu beweisen, indem ich mich direkt in die Welt professioneller Kunst und Bildhauerei begebe.

Wenn eine europäische Stadt sich schmücken will, stellt sie, wenn ich aus einer ziemlich umfassenden Lektüre und einem Studium der Bilder im *National Geographie Magazine* urteilen darf – stellt sie in ihren Parks eine Menge heidnischer Götter auf – bei denen man, um nur das wenigste zu sagen, auf allerhand Gedanken kommen kann – und dazu Springbrunnen und derlei ähnliches mehr. Aber wir – nun, wir wünschen einen Park zu schmücken und entscheiden uns für eine Statue, die gleichzeitig hübsch und erzieherisch ist. Wir bedenken, daß es viele Spanier in der Stadt gibt, denen wir mittels Anerkennung eine Freude bereiten, und infolgedessen stellen wir eine schöne Kolumbusbüste auf; oder wir sehen, daß wir viele naturalisierte Italiener haben, die sich bei den Wahlen tadellos benehmen, und wir verleihen unserer Anerkennung für sie Ausdruck, indem wir ein Monument errichten für – für – also für Dante. Oder wir machen den Deutschen eine Freude mit einer Goethebüste. Und so treffen wir zwei Fliegen mit einem Schlag.

Oder nehmen wir ein direkteres Beispiel. Jetzt wo Weihnachten noch nicht lange vorüber ist, werden wohl einige von uns der Ansicht sein, daß die Sache mit den Geschenken etwas übertrieben wird. Ich habe Herren aus meiner eigenen Bekanntschaft versichern gehört, daß sie der Ansicht sind, daß gewisse Warenhäuser den heiligen Feiertag fast kommerzialisieren. Aber sei das, wie ihm mag, und es ist auch eine viel zu komplizierte Frage, als daß ich mich bei gegenwärtiger Gelegenheit darauf einlassen könnte, es ist eine tröstliche und feststehende Tatsache, daß unsere Geschenke die Tendenz haben, von Jahr zu Jahr *praktischer* zu werden.

Ich habe hier ein Magazin, das anfangs Dezember erschienen ist und deshalb im größten Ausmaß Inserate aufweist, auf denen der rosige Hauch der Feiertage ruht. Und wo es in den alten Zeiten Begeisterung über unpraktische Dinge für Weihnachten gegeben hätte, sagen wir zum Beispiel Bücher, Radierungen und Phantasiehaus Joppen – was finden wir da heute?

Vor allem und zuallererst sind da natürlich viele Anregungen für Autozubehör als Weihnachtsgeschenke, wie es ja auch richtig ist für ein Land, in dem der Hauptzweck darin besteht, rasch irgendwohin zu kommen. Schön! Schneeketten, Reifensicherungen, Kühlerjalousien, Kilometerzähler und Antifrostmischungen in hübschen, mit Palmenzweigen geschmückten Kanistern speziell für Weihnachten.

Und dann die anderen praktischen Geschenke, die sich dafür eignen, das Herz jedes Empfängers zu erfreuen: Taschenfeuerzeuge, Rasierklingenabziehapparate, kleine Waagen für das Badezimmer, so daß jeder, Mann, Weib oder Kind, täglich seine Gesundheit kontrollieren kann. Und was für Spielzeug! Richtige elektrische Züge, genau so wie die großen, so daß das glückselige Kind, das einen zu Weihnachten bekommt, nichts weiter zu tun hat, als einen Hebel herunterzudrücken, und der

Zug fährt ganz von selber, und das Kind kann ganz einfach dasitzen und zusehen und sich freuen. Was das Spaß macht!

Und alle die Geschenkartikel, die in den Inseraten in die gewöhnliche große Anzahl anderer derartiger Luxusgegenstände, wie nur Amerika sie produziert, vermischt sind. Inserate von Städten in Florida, die in weniger als zehn Jahren so emporgestiegen sind, daß sie in jeder Hinsicht Venedig, Italien, gleichkommen, wenn nicht gar übersteigen. Diese wunderbaren neuen Damenüberschuhe mit dem Dings, ich habe vergessen, wie es heißt, aber man zieht nur an einem Dings, und dann geht das ganze Dings auf, ohne Knöpfe oder Haken und Ösen. Glänzende Inserate von Sauerkraut, das auf diese Weise, im ganzen Lande inseriert, sich aus seiner niedrigen Stellung erhebt und seinen Platz einnimmt neben Süßigkeiten und der Telephongesellschaft.

Und dann folgendes:

Bis vor kurzem wurden sowohl Schreibmaschinen wie Füllfedern in einem langweiligen und, ich möchte fast sagen, düsteren Schwarz erzeugt. Jetzt aber erscheinen Schreibmaschinen in allen möglichen lieblichen Farben, die ins Boudoir ebenso gut passen wie ins Büro; und Ihre Füllfedern können Sie jetzt in Opal, in Salatgrün, in Morgenrotrosa, in Elefantenhautgrau, in Lemarkieblau oder in Dutzenden von anderen verlockenden Farben und Nüangsen bekommen. Aber in diesem Magazin habe ich einen noch viel großartigeren Beweis dafür gefunden, wie Amerika Schönheit mit bloßer Praktischkeit verbindet. Ein Inserat beginnt mit einem Brief – ich vermute, daß er ausgedacht ist, das Erzeugnis des Genies irgendeines Zeitungsschreibers, und doch könnte er in dieser neuen Ära durchaus möglicherweise wirklich sein – der Brief einer jungen Dame, die angeblich an ihren Schatz schreibt, und sie sagt:

Du denkst an mich, Geliebter. Genau so, wie ich an Dich denke. Denken ... nachdenken ... sich an jeder köstlichen Stunde der Vorfreude ergötzen ... die Tage zählen, bis ...

Und Weihnachten ist fast schon da. Vielleicht denkst Du an ein Geschenk für mich. Vielleicht gar ein Kleinod! Doch kein köstlicheres Kleinod werde ich je ersehnen als das Deiner wunderbaren Gesellschaft;

nach keiner königlicheren Gabe würde mich verlangen als nach der Ehrlichkeit Deines Herzens.

Laß Dein Geschenk etwas Intimes sein ... etwas Schönes ... etwas, das stets an die Tagträume von jetzt erinnert.

Und ich bitte dich ... laß es praktisch sein!

Ein Heiligtum für die lieblichen Seiden- und Leinen- und Stickereigegenstände, die ich bekomme ... für die Wolldecken ... die Daunensteppdecken ... für diese köstlichen Besitztümer, die ich jetzt in Kammer, Koffer oder Kommodenschublade verschließe. Eine Stelle der Schönheit und Duftigkeit, des Behagens und der Sicherheit, da sie weder Motten noch Rost fressen und neugierige Finger nicht stöbern werden ... davon flüstere ich, mein geliebtes Herz ...

Etwas, wonach ich mich immer gesehnt habe – wonach jede Frau sich sehnt. Etwas, das von ihrem Geliebten ... oder ihrem Ehegatten ... zu bekommen, sie so beglücken muß. EINE ZEDERNHOLZTRUHE ...

Dann geht das Inserat weiter und zeigt Bilder von der Zedernholztruhenauswahl des Fabrikanten. Und ich muß Ihnen sagen, meine Herren, wenn wir im amerikanischen Reklamewesen einen Punkt erreicht haben, wo wir direkte Geschäftsworte nicht nur mit dem Frohmut der Feiertagszeit, sondern auch mit den köstlichen Vertraulichkeiten junger Liebe vereinen können, und auch mit einem geschickt hineingeflochteten Zitat aus der Heiligen Schrift, dann zum Donnerwetter haben wir einen Punkt der Praktischkeit erreicht, den man bisher in der Geschichte nicht gekannt hat!

Endlich ist die glorreiche Ära gekommen, wo jedes edle Gefühl, jeder künstlerische Satzbau und elegante Stil, jeder Instinkt für Schönheit nicht mehr gezwungen ist, allein und herrenlos zu sein, sondern mit Freuden seinen rechtmäßigen Platz im Dienst des Handels und der königlichen Kaufleute einnehmen kann!

Oder noch ein anderes Beispiel, das ich einem anderen Magazin aus derselben festlichen Zeit entnehme, über das praktische Getränk beim Weihnachtsmahl. Laßt den Deutschen ihr Bier, möge Frankreich sich an seinem rubinroten Wein erfreuen, laßt England sein – seine diversen Getränke, aber wir haben uns, gelobt sei Gott, von der furchtbaren Knechtschaft des Alkohols befreit.

Und warum? Weil wir gesehen haben, daß der Alkohol für den Geschäftserfolg nicht praktisch ist! Und doch wollen auch wir den großen Festtagen mit angemessenen Getränken Gerechtigkeit widerfahren lassen. Und da kommen unsere Fabrikanten und füllen diese Lücke durchaus befriedigend aus. Hören Sie sich dieses Inserat an und beachten Sie den erstklassigen literarischen Stil:

Ein wirklich froher Trank, der einem gut gekochten Weihnachtsessen neue Würze verleiht ... An die Stelle des historischen Eberkopfes ist der majestätische Truthahn getreten; der fröhlich geschmückte Pfau hat dem Fleischragout Platz gemacht; ein feines altes Ingwerbier hat den schäumenden Weihnachtshumpen ersetzt, der einst als »die alte Quelle guter Laune, allüberall wo fröhliche Herzen vereint sind« von Hand zu Hand ging.

In der ganzen Welt gibt es kein Getränk, das sich so zum Weihnachtsessen eignet wie das Ingwerbier! In zerbrechlichen Kelchgläsern serviert, funkelt und moussiert es wie seltener alter Wein und fordert Sie auf, zu trinken und fröhlich zu sein! Das Essen bekommt immer eine neue Würze, eine neue Note, wenn dieses feine alte Ingwerbier auf Ihrem Tisch erscheint ...

Das, meine Herren, ist unsere schallende Antwort an die Widersacher der Prohibition!

Welche Gelegenheiten dieses neue und ständig praktischer werdende Amerika heute jedem geweckten Menschen doch bietet!

Nehmen Sie zum Beispiel Al Smith. Da haben Sie einen armen Jungen von der Straße, einen Katholiken, und doch haben wir ihn Gouverneur von New York werden lassen. Natürlich bin ich dagegen, daß er Präsident wird, aber ich bin immer bereit gewesen, ihn so weit emporsteigen zu sehen, wie er bereits gestiegen ist, und obwohl er fast mit Bestimmtheit fast nie von mir gehört hat, wäre es mir ein Vergnügen, wenn er hier wäre, ihm die Hand mit allen guten Wünschen von Lowell Schmaltz zu reichen!

Was für Gelegenheiten heute! Welche Zusammenarbeit!

Nehmen Sie zum Beispiel die Gemeinschaftskasse. Was ist das doch für eine kolossale und einzigartige amerikanische Einrichtung – wir alle vereinen uns darin zu jeder würdigen Wohltätigkeit und weisen es von uns, Institutionen zu unterstützen, die Bankiers und andere Fachleute für unwürdig halten.

Nehmen wir bloß diesen jüngsten Fall –

War da ein junger Mann im Büro eines Freundes von mir, der sich weigerte, einen einzigen roten Cent für die Gemeinschaftskasse beizutragen, mit der leichtfertigen und in der Tat fast schnippischen Begründung, daß die großen Männer, die hinter dem Werbefeldzug stehen – die Männer, die so häufig selbst die freigebigsten Stifter waren! – die großen Beiträge für einen Verein benützen, mittels welchem alle radikalen und falsch denkenden Wohlfahrtsarbeiter den diversen Organisationen fern gehalten werden sollen.

Mein Freund hat also höchst richtigerweise diesen Mißvergnügten an die Luft gesetzt und in aller Stille seine Parole ausgegeben, und dieser junge Mann – wie Sie sehen können, praktisch ein verkleideter Sozialist – also, es sollte mich sehr überraschen, wenn er es jemals möglich machen kann, eine anständige Stellung in dieser Männerstadt zu finden! Ich führe nur dieses eine Beispiel dafür an, wie wir mit der ständig mehr Boden gewinnenden amerikanischen Organisation einerseits die aufstrebenden und richtig denkenden jungen Leute unterstützen und andererseits uns von allen Anarchisten und Nörglern befreien.

Denn wir dürfen nie vergessen, daß es sogar in der Mitte dieser Zivilisation, der luxuriösesten und mächtigsten, die die Welt je gekannt hat, noch immer Menschen gibt, die aus irgendeinem wahnsinnigen Grund, den sie selbst nicht erklären können, trotz allem kritteln und klagen und den Bannerwagen nicht besteigen wollen.

Nehmen Sie folgendes.

Ich weiß aus verläßlicher Quelle – obwohl ich selbstverständlich meine Selbstachtung nicht durch das Lesen derartiger Dinge beschmutzt habe, sondern ich bin über ihren Inhalt informiert durch die Kritik in diversen Predigten – ich habe gehört, daß im letzten Jahr oder so zwei Bücher erschienen sind, die daraufhinauslaufen, zu zeigen, daß George Washington nicht der große Held war, als den wir alle ihn kennen, sondern ein Mann, der geraucht, getrunken, geflucht und geflirtet hat. Dann ist da eine sogenannte Biographie herausgekommen, die behauptet, daß Henry Ward Beecher nicht das war, als was wir alle ihn kennen – der größte Prediger und Kämpfer für Rechtschaffenheit seit Martin Luther und ein Mann von fleckenloser Rechtschaffenheit und Redlichkeit – sondern vielmehr ein Mann, auf dessen Wort und liebende Freundschaft man nicht bauen konnte. Und nicht weniger als drei schandbare Bücher, zwei davon sind Romane, und eines eine Sudelei von einer Frau, die behauptet, daß sie ihn sehr gut gekannt hat, haben gewagt anzudeuten, daß unser Märtyrerpräsident, daß Harding ein von Verbrechern umgebener Dummkopf war.

Nun, ich habe eine Antwort für alle diese Herren Schriftsteller!

Und meine Antwort ist, daß es für einen ernsthaften und fleißigen Geschäftsmann nicht der Mühe wert ist, nach Berühmtheit haschenden Zeilenschmierern auch nur die geringste Aufmerksamkeit zu schenken, Leuten, die aus ihren stinkenden Löchern herauskriechen, um den Mond anzukläffen, die durch ihre schmutzigen und verlogenen Anklagen in den Augen der Öffentlichkeit Fuß zu fassen suchen.

Ich sehe, daß die mir gewährte Frist ihrem Ende zuschreitet, aber, obgleich es nicht eigentlich zu meinem Thema gehört, möchte ich diese Gelegenheit ergreifen, um Ihnen kurz etwas von meiner vor einigen Monaten mit Präsident Coolidge stattgehabten Unterhaltung mitzuteilen, der, wie vielleicht viele von Ihnen wissen, während unserer ganzen Collegezeit ein guter Freund von mir war.

Als ich im Weißen Haus ankam, ging der Präsident grade mit dem englischen Gesandten zur Mayflower, da ich verfehlt hatte, ihn rechtzeitig von meiner Ankunft zu verständigen. Infolgedessen waren wir kürzer zusammen als sonst, aber er hat über gewisse Gegenstände gesprochen, über die authentisch informiert zu werden, Ihnen, wie ich weiß, ein Vergnügen sein wird.

»Herr Präsident«, sagte ich – er hatte mir zu verstehen gegeben, daß er wünschte, daß ich ihn »Cal« nenne, aber ich hielt das nicht für passend – »Herr Präsident«, fragte ich, »was ist Ihre Ansicht über die Frage der Einschränkung unserer Marine?«

»Ja, Low«, sagte er, »ich glaube, das kann ich Ihnen in einigen wenigen Worten sagen. Obgleich natürlich dreifach gewappnet ist, wer vorbereitet ist, wie der Barde sagt, kosten Schiffe nichtsdestoweniger eine bedauernswert hohe Summe von Geld, und es würde mich freuen, dieselbe eingeschränkt zu sehen – soweit es sich mit der Sicherheit verträgt.«

»Ja, und wie denken Sie über die Steuerfrage«, fragte ich.

»Meiner Meinung nach«, sagte er, »dürfen, obwohl es natürlich nie so ungerechte Steuern geben darf, daß die Last der Abgaben unbilligerweise auf diejenigen fällt, welche genötigt sind, große kommerzielle Unternehmungen auszuführen, die Menschen in allen möglichen Berufen und Lagen Stellungen geben, darf es doch nie eine unerträgliche Besteuerung derjenigen geben, die aus dem einen oder dem anderen Grunde nicht viel von den Gütern dieser Welt besitzen.«

»Und«, fragte ich schließlich, »wenn Sie damit nicht irgendein Staatsgeheimnis verraten – etwas Derartiges würde ich nie von Ihnen verlangen, obwohl wir alte Freunde sind«, sagte ich – »was halten Sie von der Lage in China?«

Nie werde ich vergessen, wie er sich aufreckte, und wie seine Augen Blitze schössen, während er mir grimmig zur Antwort gab:

»Meiner Meinung nach«, sagte er, »erhebt sich jetzt eine Situation, in der es notwendig ist, mehr zu tun als unsere selbstverständliche Pflicht bezüglich der Sicherung amerikanischer Rechte und Besitztümer in China. Das letzte, was ich oder meine Ratgeber wünschen, wäre, uns in die europäische Politik einzumischen«, sagte er, »aber da stehe ich und erkläre vor der ganzen Welt, daß es uns nicht behagt, wie die Bolschewisten, was behauptet wird, danach streben, die Chinesen darin zu unterstützen, daß sie sich unzivilisiert aufführen; und wenn es an der Zeit sein wird, werden wir, wenn notwendig, jede Maßregel ergreifen, die sich vielleicht als notwendig erweisen wird.«

Hier haben Sie also, meine Herren, in den eigenen Worten des Präsidenten eine klare Auslegung unserer auswärtigen Politik. Doch für mich ist dieselbe nicht wichtiger, nicht mehr der historischen Berichterstattung würdig als unsere innere Politik, die ich Ihnen eben an Hand von Dienst am Kunden und Praktischkeit zu umreißen versucht habe.

Und es soll mich freuen, wenn es mir auf meine bescheidene Weise gelungen ist, Ihnen die neue Ära der amerikanischen Zivilisation näherzubringen; Ihnen in aller Bescheidenheit den Wahlspruch von Lowell Schmaltz auseinandergesetzt zu haben: »Lies viel, denk wissenschaftlich, sprich kurz und verkauf deine Ware!«